婚姻這門生意

2

NOVEL.

KEN

ILLUST.

Misty 系田

目錄

CONTENTS

CHAPTER 06.

伯爵夫人的決心

比安卡在文森特的引領下繞了莊園一圈。從那時起，她平時散步的時間不再前往庭園，而是去肉品儲藏室、麵包坊、釀酒廠和畜牧場等地方。

只是順道去看看，她不會特別做什麼，也不會過問或干涉，只靜靜看著農奴工作。

對比安卡來說，只是散步範圍稍微變廣了，並非什麼大事，但僅僅如此，就讓她覺得世界產生了變化。

掠過皮膚的空氣、在眼前拓展的風景、人們的交談聲。這些都伴隨著喧囂的生活氣息，刺上她的肌膚，讓她頭昏腦脹。雖然很難適應吵雜的喧鬧聲，卻能確實感受到自己一直以來跟世界如此脫節。

上一世被攆出城堡、四處流浪時，沒有餘力像現在這樣觀察四周。被過去的戀人費爾南背叛後，傷痛蒙蔽了她的雙眼。

她什麼都不懂，世上的所有人看起來都像騙子，連真心交流都做不到。她周遭的世界只有殘酷與冰冷。比安卡對這個世界的運作方式一無所知，這時她才明白，無知有可能成為致命傷。回想起當時，比安卡自嘲地彎起嘴角。

農奴們並不歡迎夫人造訪。光是管家嚴苛的目光就夠難受了，誰知道夫人會挑剔什麼。

雖然她不打算在眾人注目下對農奴說什麼，但那應該只是因為她不想和他們說話吧？當她回到位於尖塔頂端，裝飾華麗的房間後，一定會向管家打小報告。農奴們不斷瞥向比安卡，甚至延誤了工作進度。

不太在意他人的比安卡，或是閃電忽然從空中落下也無動於衷的加斯帕德都沒有注意到這件事，但伊馮娜很快就察覺到了那些人的不自在。

即使如此，伊馮娜也無能為力。每次遇到不熟悉的事都會經歷陣痛。伊馮娜相信，他們現在只是難得見到比安卡巡視莊園，但只要過一陣子，他們也會習慣比安卡的存在。

不過，就算她如此相信，還是捨不得比安卡遭受他人白眼。

比安卡只走過鋪著紅毯的廊道，卻不是走在鋪著一層鬆軟細土、精心修整的散步道路上，每當她朝到處都是汙穢物與水窪的泥巴地踏出一步，伊馮娜的心就隨之一緊。

即使泥巴濺上衣襬，比安卡也沒有露出不悅的神情。是因為清理衣物的人不是她嗎？還是只要再買新的就好？還以為應該會感到不悅的她完全沒有表現出不滿，讓農奴們更加不知所措。

那乾脆表現出不悅會更好嗎？伊馮娜搖了搖頭。

就像鳥聽不懂兔子說的話，農奴和比安卡打從一開始就是無法共處的存在。完全無法想像出身高貴的比安卡臉上沾著泥巴工作的模樣。

但比安卡不僅曾經臉上沾著泥巴，還衣衫襤褸地赤腳走在凹凸不平的碎石路上，讓伊馮娜的想法顯得十分可笑。

為了得到一點水而舔拭石縫中的雨水，也曾狼吞虎嚥地吞下發霉的麵包。雖然那是重生前的事，但當時的記憶仍鮮明地留在比安卡的腦中。

出身高貴，卻沒人保證能高貴到最後。

誰能料到區區一個子爵的二兒子、受封男爵的扎卡里可以跨越伯爵之位，成為下任國王的堅強後盾？又有誰能想到他還來不及行使那無上的權力，就會在戰場上虛無地倒下？

與此同時，比安卡的命運也有如風中殘燭虛弱地搖曳。出身高貴的她，人生最終跌落谷底。

從前的比安卡不知道，人生要走到盡頭才能徹底了解。親身經歷過後，她才明

CHAPTER ✣ 06.

白這件事，以及必須拚命努力才能贏得未來。

重生前的比安卡從未想過要看看周遭，重生後的她則是沒有那種餘力。

年少的比安卡不在乎敵意的堅強模樣讓伊馮娜十分感慨，但這只是因為比安卡把心思都放在其他事情上罷了。

該怎麼做才能盡早懷上扎卡里的孩子呢？該怎麼做才不會被趕出阿爾諾家呢？該找什麼理由呢？

這份認真讓比安卡依舊無法融入周遭，格格不入，但她毫不在意，因為她認為自己不需要刻意融入周遭。

光是她把伊馮娜和加斯帕德留在身邊，就算是改變了許多。雖然其他人看到後只會嗤之以鼻，但這對她而言是非常大的變化。

當比安卡像這樣一邊走，一邊心不在焉地觀察莊園周遭時，來到一個陌生的地方。一棟用木板蓋成的木造房屋前方堆滿了稻草，從裡面傳出粗重的呼吸聲。

比安卡直看著這棟陌生的建築說：

「我好像第一次看到這個地方。」

「夫人，這裡是馬廄，很危險，所以我們回去吧。」

伊馮娜急忙阻止比安卡前進。比安卡歪過頭，似乎無法理解伊馮娜的擔憂。

「危險？裡頭不是只有馬嗎？」

「就是馬很危險啊——啊啊，夫人。」

比安卡不顧伊馮娜擔心的阻止，大步走進馬廄。比安卡對馬很感興趣，因此覺得時機正好。

比安卡重生前對馬不感興趣。她不是那種喜歡走出房間，活潑又喜歡運動的開朗個性，如果要出遠門，坐轎子就可以了。雖然有些貴夫人將騎馬當成一種素養，但那不是必須擁有的教養，比安卡自然不感興趣。

可是，當她跋腳遠行時，如果會騎馬，可能會改變很多事。

在無盡的道路上流浪、難受的時候，還有天底下沒有地方願意接納她，到處碰壁且飽受折磨的時刻也會減少許多吧。

在這一世學學騎馬也不錯。今年春天要去首都所以沒辦法，但明年春天應該可以。比安卡拚命努力不讓自己被趕出阿爾諾家之餘，也必須先考慮到意料之外的情形。

『先選好自己的馬也可以。』

CHAPTER ✢ 06.

比安卡這樣想著，打算走進馬廄時，加斯帕德擋在比安卡面前，用一如往常的嚴肅神情俯視著比安卡，並堅定地搖搖頭。

比安卡皺起眉。這裡只是個馬廄，還是在她的領地內，不會有任何危險。

「讓開，加斯帕德爵士。」

「……這裡很危險，請回吧。」

「我都去過燒著火、放著利刃、鮮血噴濺的地方了，區區一隻馬有什麼危險的？」

不管怎麼想，廚房跟屠宰場都比馬廄危險。反正都是人們騎的馬，哪裡危險了？更何況剛才在畜牧場也遠遠看過了馬啊。比安卡不悅地嘟囔。

「而且剛才不是也去了畜牧場嗎？」

「畜牧場只是遠遠看著，到馬廄太近了。」

「你們對我有保護過度的傾向——」

「喔，這不是加斯帕德嗎？」

這時，加斯帕德後方的馬廄內傳來輕快明亮的聲音，輕浮的語氣中帶著平民特有的口音。可以直呼扎卡里副將加斯帕德的名字，又是平民出身的男子，正是扎卡里的另一位副將索沃爾。

索沃爾在馬廄裡工作時，聽見入口附近有喧鬧聲而出來看看，就看到加斯帕德一眼就能認出的高大身體完全擋在馬廄入口。索沃爾被困在這狹窄又臭烘烘的馬廄裡，正覺得煩悶，好友的出現讓他開心地上前搭話。

「你怎麼會在這裡？你現在應該在擔任夫人的護衛……沒錯呢。」

索沃爾這時才發現被加斯帕德的身體擋住的比安卡，尷尬地笑著補道。他迅速動著腦筋，回想自己有沒有說錯話。

索沃爾露出燦爛的笑容，彎腰走向比安卡。

雖然不知道比安卡為什麼想進去，但馬廄並不適合他所認識的夫人。與其聽她嫌棄，不如從一開始就別進去。索沃爾試探性地問：

「夫人怎麼會來這裡……這裡不怎麼好看……」

「我來參觀我的馬廄。我不會干擾你的，去忙吧。」

比安卡抬起下巴。面對比自己高很多的索沃爾，她卻像在俯視對方一樣低垂著眉眼，表現出不會輕易退縮的固執。比安卡直站在索沃爾面前，像在說：「你還不快讓開是在做什麼？」

CHAPTER ✣ 06.

她不是好應付的女人。索沃爾站在比安卡面前，心裡直冒冷汗。

她說什麼？來參觀馬廄？她身上的漂亮禮服一塵不染，長髮梳得整整齊齊，甚至可以直接送到社交場合的女人，究竟為什麼要來這個充滿馬糞臭味的馬廄呢？

聽說她最近曾叫來文森特，說要學習管理城堡而四處走動，這明顯也跟那件事有關係。

啊，沒錯，夫人肯定也不是真心想參觀馬廄的，不然她不會打扮成這樣出現。只要適當拒絕，不僅不會讓她沒面子，也能成功勸退她才對。

但問題是要怎麼開口。

索沃爾和比安卡從一開始就很少說話，他平時雖然會不識相地自說自話，但是一站到比安卡面前就會不自覺地閉上嘴，因為他不知道該說什麼。反而是常常被索沃爾嘲笑是假正經的羅貝爾更傲慢。

對文森特而言，她是怠忽職守，令人頭痛的夫人；對羅貝爾而言，她是高傲又不懂得珍惜別人的傲慢夫人，但對索沃爾來說，其實有點害怕比安卡。

他無法理解自己為什麼會這樣，也沒辦法克服，但也不能直接無視比安卡。即使是戰場上的瘋狗、能突破所有陣形的突擊隊長——長槍騎士索沃爾，面對比安卡也只能緊張得猛吞口水，甚至想到要和她說話就心驚膽戰。

索沃爾沒有跟比安卡說過幾次話，但又不是非得把手伸進火裡，才會知道火有多燙。

平時只聽她和扎卡里或文森特說話就很清楚了。每一句話都會被挑剔，如果事情沒有按照她的期望進行，就會變得蠻橫無理。個性也非常固執，從來不曾改變自己的主張。

假如索沃爾是扎卡里或文森特，他可能會一句話都不說就衝出房間。

比安卡站在索沃爾面前注視著他。他必須說服比安卡，把她趕出自己的地盤！這是為了索沃爾自己、比安卡與扎卡里，甚至所有人。

索沃爾想起自己曾經慫恿扎卡里去跟比安卡說話，心裡有些後悔，覺得自己做了對不起主君的事。他努力揚起顫抖的嘴角，裝模作樣地說：

「唉呀，阿爾諾家的馬大部分是戰馬，都很敏感。如果看見像夫人這樣的陌生面孔進去，會激動得一直跺腳。請您到這邊來。」

索沃爾歪著身體擋住馬廄，指向入口旁的辦公室。那是馬伕們輪班休息用的狹小房間，雖然簡陋，但也有桌椅。

CHAPTER ✣ 06.

不知道夫人為什麼會突然對馬廄感興趣，但他一定要拒絕這位身分高貴的夫人，不能讓她進入那種地方。那就說馬廄裡的環境很糟糕，又狹窄又骯髒，以此為藉口把她趕走吧。

然而，比安卡將索沃爾的提議當作耳邊風，從索沃爾斜著身體阻擋的另一邊閃過，走進馬廄裡。索沃爾本來就不覺得她會乖乖聽話，但這結果完全出乎他的意料，讓他更措手不及。

就在這個瞬間，索沃爾發現比安卡的腳邊有還沒清掉的馬糞，應該是馬伕剛剛清理時遺漏了。面色鐵青的索沃爾哭喪著臉，著急地阻止比安卡。

「不、不、不是那邊，是這邊，夫人，您珍貴的衣服會髒掉的。」

比安卡看向地面，發現自己差點踩到馬糞。她微微歪頭，抬眼看著索沃爾。

「馬廄管理得這麼糟糕嗎？」

「不是這樣的。」

聽到這不算指責的質問，索沃爾說不出話。雖然有一些疏忽的地方，但平時打掃得算乾淨，偏偏今天……可是證據就擺在眼前，他無話可說。

幸好比安卡不打算和他爭論太久。她不以為意地避開馬糞，說：

「我想知道這裡有多少匹馬。馬不也是阿爾諾領地的財產嗎？」

「我、我之後再向您報告。」

看到她的裙襬驚險地在地面上擺動，索沃爾的心臟也怦通狂跳，冷汗沿著後背流下。索沃爾不懂比安卡為什麼突然這麼做，但萬一比安卡等等說喜歡的衣服沾到馬糞了，因此生氣離開，他就完蛋了……

但比安卡看起來不打算乖乖回去。索沃爾帶著求救的懇求目光看向加斯帕德，加斯帕德只搖了搖頭，一副「我也沒辦法」的樣子。

一直勸阻比安卡的索沃爾最後只能讓她進入馬廄。

馬廄既龐大又寬敞，索沃爾說有用心管理的主張並非謊言。空氣中飄散著乾草與淡淡的動物氣味。有些位置空著，也許是那些放到畜牧場裡的馬的位置。

跟索沃爾的預料不同，比安卡沒有馬上跑出去，反而目光好奇地四處張望，看了好一陣子。而且她似乎也有常識，沒有隨便朝馬伸出手。

伊馮娜擔憂地跟在比安卡身後。這時，一匹戰馬突然伸出頭，舔過伊馮娜的臉頰。軟黏的觸感跟溼滑的口水讓伊馮娜發出「咿咿」的聲音，後退好幾步。

加斯帕德抓住差點摔倒的伊馮娜，她則對面無表情地俯視自己的加斯帕德尷尬

CHAPTER ✣ 06.

地笑了笑。

「謝、謝謝你。」

「伊馮娜，妳沒事吧？」

「是，我只是嚇了一跳。夫人也請小心。」

伊馮娜回答比安卡，同時努力安撫劇烈跳動的心臟。加斯帕德在伊馮娜恢復鎮定前默默扶著她，等伊馮娜吁出一口氣後，自然地放開了。

比安卡連連驚嘆地環視馬廄。從外面看就相當寬闊了，進來裡面一看更是壯觀。

「真的好多馬啊。」

「伯爵大人一擴張勢力，最先添置的就是馬。讓騎士們有出色的機動能力，在沙場上才能百戰百勝啊。」索沃爾得意地說。

雖然他常嘲笑羅貝爾是扎卡里的小跟班，但索沃爾也不容小覷。他又叨叨絮絮地說著扎卡里做了多明智的決定，當初嘲笑他亂花錢的蠢貨們現在怎麼樣了。

比安卡感到十分慶幸。既然有這麼多馬，就算到了她要被趕出去的時候，應該也可以好心地給她一匹馬吧？只要這麼多匹馬沒有在最後的戰爭中全部死去的話。

雖然那種事最好不要發生，但世事難料啊。

比安卡搖搖頭。她不停掙扎，想擺脫與前世相同的未來，卻還是會習慣性地設想最壞的情況。被牢牢束縛住的感覺不太好受。

不過既然有這麼多匹馬，說不定現在就有她可以騎的，不一定要等到明年春天。積極面對現況的比安卡用有點興奮的語氣問：

「有我可以騎的馬嗎？」

「當然也有夫人可以騎的……什麼？」

索沃爾沒有多想就回答，重新思考過比安卡的話後不禁反問。他藍色的雙眼慌亂地不停轉動。

比安卡不在意索沃爾有多驚訝，泰然自若地環視馬廄。現在眼前見到的馬匹都十分高大，不適合比安卡。她抬著下巴命令道：

「我挑挑看。」

「等、等一下。夫人，您說要騎馬嗎？」

索沃爾又驚慌地反問了一次。雖然不合規矩，但沒有人制止他，因為對這個狀況感到不知所措的人不只索沃爾。

CHAPTER ✣ 06.

「您會騎馬嗎？夫人。」

伊馮娜瞪大眼睛問，加斯帕德濃密的眉頭之間也出現皺紋。不僅索沃爾，看到伊馮娜和加斯帕德也一臉為難又懷疑地看著自己，比安卡漲紅了臉。

比安卡也很清楚自己看起來不像活潑好動的人，但大家都太過分了吧？

比安卡大聲咳了一聲，轉換氣氛。她調整表情後嚴肅地回答：

「我打算從現在開始學。」

「可、可是您為什麼突然想學騎馬？夫人有馬車……不對，您本來就很少出門啊。」

看到比安卡若無其事，就像在說「現在要吃晚餐」的態度，索沃爾依舊忘了禮數，語無倫次。雖然他說的都是事實，她也是剛剛才做決定的，但當著本人的面直白地說出口相當無禮。

索沃爾的態度讓伊馮娜豎起眉眼。彷彿不管索沃爾是騎士還是副隊長，只要比安卡表現出一點不悅，她就會馬上指著索沃爾的鼻子大罵。

然而比安卡無所謂似的聳聳肩。雖然很無禮，但也不到非得挑剔的程度。索沃爾沒有像文森特一樣拐彎抹角地責備比安卡，也不是別有用意地羞辱她，明顯只是沒多想就說出口的話，如果比安卡執意要藉此大發雷霆也會很可笑。

比安卡像在念今晚晚餐菜色的平淡語氣說：

「反正誰也不知道會發生什麼事，先學會也不是壞事吧？」

「這樣很危險，夫人。」

伊馮娜擔心地勸阻，加斯帕德也緊抿著嘴，不贊同的樣子。比安卡撇了撇嘴。明明也有幾位貴夫人將學騎馬當成素養，實在不能理解自己為什麼不行。

當然，即使他們說不行，比安卡也不打算聽。他們沒有權力阻止她。

看到伊馮娜和加斯帕德露出慘澹且憂慮的表情，索沃爾終於明白比安卡說要騎馬的話不是隨口說說。索沃爾吞下口水，但聲音顫抖，結巴又吃力地再次提出疑問：

「您、您真的要騎馬嗎？」

「我不是隨便說說的。我想騎一次看看，如果不適合我就放棄。」

比安卡平靜地回應，彷彿在嘲笑索沃爾發顫的心臟。她沒有毅力會刻意花費時間，努力學習做不到的事，但也沒有裹足不前的理由。

與其因為不曾嘗試而後悔，還不如先試過再放棄。至少不會在未來的某一天陷入莫名的遺憾中。

但情況不如比安卡想得那麼簡單。

索沃爾感到頭暈目眩。比安卡看起來就是運動神經不好的樣子，還很柔弱。阿爾諾堡裡的每個人都知道，比安卡十多年來都把自己關在房裡。將散步當成最激烈運動的她突然去騎馬，不知道會出什麼事，不管索沃爾挑的馬多溫馴都一樣。

萬一比安卡從馬背上摔下來……雖然不知道扎卡里會有什麼反應，但比安卡的娘家布蘭克福特家肯定不會輕易放過這件事。

索沃爾不想因為比安卡的固執賭上自己的性命，最後決定拿扎卡里當藉口。不過，這也是基於原則。

「夫人如果要騎馬，必須取得伯爵大人的同意……」

「那就這麼辦吧。」

比安卡比想像得還順從地退讓了。索沃爾目瞪口呆地看著比安卡。就像她說想騎馬一樣，她現在的態度也一點也不像她，如果是原本的比安卡，一定會高聲提出「我為什麼非得取得他的允許？」或者「我想做的事都得為了得到允許而一再推遲嗎？」之類的理由。

索沃爾以詢問「比安卡為什麼會突然變成這樣？」的眼神看向加斯帕德，但加斯帕德沒有什麼特別的反應。

『難道她是吃錯什麼了？不，說到頭來，她有吃東西嗎？是因為什麼都沒吃才會變成這樣嗎？沒錯，是連挑毛病的力氣都沒有吧……』

雖然沒力氣的人當然不會主動說要騎馬，但索沃爾還是絞盡腦汁，把事情合理化。但接下來發生的事更令人受到衝擊，讓比安卡老實退讓的這件事變得不值一提。

「總之辛苦你了。如果我要學騎馬，一定會常常碰面。就拜託你了。」

反正繼續待在這裡也不會有任何改變。如此心想的比安卡毫不留戀地轉身，沒有猶豫地踏著輕快的步伐走出馬廄。伊馮娜立刻跟在比安卡身後，加斯帕德也輕拍了拍索沃爾的肩膀，跟著比安卡離開。

索沃爾呆愣地站著，回想自己剛才經歷的一切。比安卡的話不斷在腦海裡盤旋，就算喝到酩酊大醉，他也從來不曾像現在這樣如此頭暈目眩。

所以，「那位」夫人來到有馬糞的骯髒馬廄看馬，還說要學騎馬。他說必須先得到伯爵大人的同意，她不僅接受了，還對他說「辛苦了」這種客套話？

比安卡在馬廄停留的時間不長，但只是短短一段時間就狠狠地將索沃爾耍得團團轉，宛如晴天霹靂。依舊不敢相信的索沃爾眨著眼睛，感覺就像被精靈捉弄了一樣。

＊＊＊

CHAPTER✢06.

「說不定她沒有我們想得那麼壞。」

索沃爾撐著下巴喃喃自語。他現在身在羅貝爾的辦公室，突然出現又淨說些莫名其妙的話，讓羅貝爾有點煩躁，不耐煩地問：

「誰？」

「夫人。」

「什麼？」

羅貝爾正在審閱的文件「啪」一聲掉到書桌上。

加斯帕德被調去擔任夫人的護衛後，他的工作由羅貝爾和索沃爾分擔，所以一定是太忙了，才會聽到這種鬼話。哈哈。

但既然是分配給自己的工作，就不能讓伯爵大人失望。再不打起精神，使出全力的話……

「不，就是，我覺得夫人不單純是個壞人，也能溝通。」

索沃爾補充解釋。他帶著確信的回答，讓羅貝爾不得不發現剛才聽到的話並不是胡言亂語，同時也意識到自己幾天前當作幻覺的詭異畫面是真實存在的。

大概是兩天前吧。羅貝爾拿著要呈交給伯爵大人的報告走在迴廊上時，窗戶外傳來一陣吵雜的聲音，他悄悄往外看去，是比安卡經常散步的庭園。

難道是夫人又惹出了什麼麻煩？羅貝爾皺起眉頭，傾身看向窗外。

竟然看到這樣的畫面！

不出羅貝爾所料，在庭園裡的人是比安卡、伊馮娜和加斯帕德。他們坐在庭園一角的長椅上休息。別人正汗流浹背地辛勤工作時，他們竟然明目張膽地休息？旁邊還放著點心？

不過，當時有一個意想不到的人和他們在一起，也就是現在在他面前的索沃爾。雖然不知道他們在聊什麼，但遠遠看過去非常親密。

CHAPTER ✢ 06.

他們明明不是這種關係啊。羅貝爾瞇起雙眼，懷疑自己看錯了。

仔細一看，索沃爾好像有點激動。果然沒錯，他們怎麼可能關係親密呢？

羅貝爾剛鬆了一口氣，心裡又冒出其他擔憂。該不會是出了什麼事吧？可是有加斯帕德在……不管他多不喜歡比安卡，她都是伯爵夫人。羅貝爾獨自捏了一把冷汗。

這時，索沃爾突然走到比安卡所坐的長椅附近，羅貝爾的大喊聲湧上喉頭。

索沃爾被稱作戰場上的瘋狗，但他其實是比想像中還理性的男人。在戰場上不需要刻意維持理智，因此他能毫不在意地做出殘忍至極的事，甚至被稱為瘋狗，不過他的瞬間判斷力相當優秀。

也就是說，他只有在自己想保持理智的時候才理智，如果他不想保持理智，誰也不知道會發生什麼事。

為什麼加斯帕德不阻止索沃爾？

難道情況不如自己所想的危險？

就在羅貝爾焦躁不安時，索沃爾蹲坐在比安卡面前。比安卡低聲說了些什麼後，對旁邊招了招手，站在她身側的侍女伊馮娜就端起點心盤，遞給索沃爾，一臉不悅。

索沃爾毫不在意，笑嘻嘻地將盤子裡的點心掃進嘴裡。把比安卡的點心盤清空的他滿臉笑容地向比安卡鞠躬後離開，還不忘對他們揮揮手。

他在比安卡散步時加入他們，還吃了點心。看到這樣的索沃爾，羅貝爾十分傻眼，像被釘子釘住一樣呆站在原地。比安卡則像索沃爾根本沒來過一樣，泰然自若。

羅貝爾不敢相信自己看見的景象，他心想：啊，我看到的是幻覺吧！

這一幕荒唐到羅貝爾寧願這麼想，並且一笑置之。

哈哈哈……一定是因為我的工作太多，產生了幻覺。

但看來那不是幻覺。

羅貝爾看著一臉呆滯的索沃爾皺起眉。這傢伙真的把理智丟在戰場上沒帶回來嗎？什麼？說她不像我們想得那麼壞？那她是好人嗎？

羅貝爾瞪大深綠色瞳孔，發出銳利的光芒。

「你以為夫人把你當人看嗎？肯定是把你當成一條狗。這樣你可以接受嗎？一點自尊都沒有的傢伙。」

CHAPTER ✣ 06.

「把我當狗又怎樣。老實說，我就是一條狗啊，阿爾諾伯爵大人的狗。既然我是丈夫的狗，對夫人來說也是狗啊，她願意疼愛我就好了，還會給我點心。」

「就為了得到一點食物，你就拋下自尊心，去她面前搖尾巴嗎？你忘了那個女人之前做過什麼事嗎？」

「其實也沒做過什麼讓人記憶深刻的事啊。」

羅貝爾指責似的語氣十分冷酷，但索沃爾只滿不在意地撓撓頭敷衍過去。

羅貝爾被氣得猛拍自己的胸口。

那個女人之前是怎麼輕蔑、看不起他們的！就算他們對她和顏悅色地說話，她只以冷淡的態度敷衍過去，好像沒有和他們說話的必要。

比安卡只會和她的丈夫扎卡里「對話」，頂多還有文森特。

對其他人來說，那不是對話，而是命令。不然她不會跟任何人說話，也不會聽任何人的話，就算是對加斯帕德與羅貝爾也一樣。

尤其索沃爾是扎卡里的三名副將中唯一出身平民的人。原為自由民的索沃爾接受徵兵，加入軍隊後嶄露頭角，因此被扎卡里選中。

而羅貝爾是男爵家的二兒子，加斯帕德來自不具世襲制度的騎士家族。不知道是不是因為這樣，比安卡特別不喜歡和索沃爾說話。

但他竟然就這樣欣然接納她，還對她搖起尾巴？索沃爾這傢伙，還以為他很聰明，結果就是個笨蛋。羅貝爾懷著對戰友的擔憂，嘆了一口氣。

索沃爾不知是否了解羅貝爾的心思，滔滔不絕地說著比安卡的優點。

「她在一般男性也會害怕的高大戰馬面前還是一臉從容，在我面前說話也直言不諱。貴族果然就是貴族。」

索沃爾一邊自顧自地說著一邊點頭的樣子十分可悲。

先不論他說的那些究竟是不是優點，羅貝爾不明白，她究竟為什麼能在這麼短的時間內把索沃爾迷得神魂顛倒？羅貝爾的嘴角抖了抖。

他認識的索沃爾是看起來血氣方剛、頭腦簡單，卻出奇冷靜理性的男人。這樣的人會毫無來由地對比安卡產生好感？根本不合理。然而，看到索沃爾對她滿臉好感，又不能輕易斷言他在說謊。

索沃爾既冷靜又理智，但並不是那種表裡不一的男人，會隱藏自己的心欺騙他人，表現出來的都是真心。

羅貝爾緊抿著嘴，腦袋裡不停思索要說什麼。

CHAPTER ✣ 06.

「就是有點沒禮貌，不對，性格強勢一點又怎樣？我就喜歡這樣的女人。如果這次去首都，能在擂臺賽中得到夫人的手絹好像也不錯。啊，如果我贏了，可以向夫人獻花嗎？這樣讓我有點幹勁了。」

「什麼？」

到目前為止認真聽索沃爾說話的羅貝爾渾身一震，一臉難以置信地站起來。居然說要去參加擂臺賽，得到夫人的手絹！而且還要向夫人獻花？這個笨蛋知道那是什麼意思嗎？

「你真的沒有吃錯東西嗎？上次夫人給的餅乾是正常的嗎？」

「沒有，我只是說說而已啦。怎麼，那時候你看到了嗎？太丟臉了。」

嘴上說著丟臉，但上揚的嘴角看起來完全不像那麼一回事。索沃爾樂天的模樣讓羅貝爾的表情更加僵硬。

在擂臺賽開始之前，騎士會從淑女手中收下珠寶或隨身物品，暗示兩人之間有隱密的私交，騎士將勝利的榮耀獻給淑女也是如此。當然，也有騎士是為了保全主君妻子的面子而參加，但那十分罕見。

由於比安卡至今都不曾出席擂臺賽，扎卡里的三位騎士又不願意向其他素昧平生的女性獻花，所以通常會獻給主君扎卡里擁戴的大王子高堤耶・德・塞夫朗的妻子，也就是王子妃。

其實他們也不想把花獻給不曾說過半句話的王子妃。但比起他們主君的夫人比安卡，王子妃反倒是更配得上勝利之花的淑女。至少她收到花之後，會給予他們讚賞。

大概是因為羅貝爾明顯地擺出嫌惡比安卡的神色，索沃爾咂嘴一聲並繼續道：

「我們是伯爵大人的騎士，把榮耀獻給夫人不是奇怪的事吧。」

「當然不奇怪。就算我不願意，為了主君跟阿爾諾家的名譽，也得把勝利獻給她。」

索沃爾說得沒錯，羅貝爾對此完全同意，但他的眼前一片漆黑。

在此之前，她從未出席過，所以大家都不曾思考過這個問題，可是明年就不一樣了。

如果在擂臺賽把花獻給「那個」夫人，她會說出什麼回答？如果是「那個」夫人，應該會毫不猶豫地說出羞辱的話，光是想像就讓人不寒而慄。羅貝爾嚴肅地喃喃說：

CHAPTER✣06.

「要是她把你獻給她的花丟掉，不是很丟臉嗎？」

「她會毫不多想地收下吧。」

索沃爾的回答像羅貝爾反應過度。

索沃爾能理解羅貝爾厭惡比安卡的原因，他對比安卡也沒有好印象。

但就如剛才羅貝爾說的，他們和比安卡好好相處的機會本來就很少。他們經常跟著扎卡里出入戰場，之前的比安卡也過於年幼青澀，一直將年幼女孩犯過的錯記在心裡，不是成熟男人該做的事。

「坦白說，你會討厭夫人是因為結婚時她年紀還小，你以為能稍微利用她，但是她太固執了，不是嗎？」

「……」

羅貝爾張口想反駁，但又閉上嘴。

索沃爾的話出乎意料地狠狠命中紅心，指出了羅貝爾的弱點，向背看透了內心。注重形象的羅貝爾難為情地漲紅了臉。

「我也知道你對伯爵大人有多盡心盡力，伯爵大人也不會懷疑你的忠誠。但你現在的態度完全不像伯爵大人的家臣。那位終究是我們的夫人。」

「……就算年幼，也不代表所有不懂事的行為都可以被原諒。伯爵大人在夫人嫁到阿爾諾城來時的歲數，已經拿劍上戰場了。」

「伯爵大人是被身邊的環境所逼，靠特別堅強的意志跟強壯的身體才撐過去的，和夫人不一樣。」

「……」

「總之你不用太擔心，現在的夫人不同以往，如果是她，就算是無聊的擂臺賽的勝利，她也完全配得上那朵榮耀之花。」

索沃爾以開朗的語氣說服羅貝爾。要是羅貝爾問他為什麼如此肯定，他本來打算笑著帶過，但幸好羅貝爾只是沉默地低著頭。

其實對索沃爾來說，會喜歡上比安卡並沒有特別的理由。

以前索沃爾眼中的比安卡，比較像個倒楣的女孩。難相處又對人築起高牆，從一開始就不曾和她說過話，要別人怎麼了解她？

但自從在馬廄相遇後，他有過幾次與夫人說話的機會。

她雖然高傲，卻非常和氣，儘管固執，總是不聽別人的話就自行做出決定，不過問她為什麼要這樣做，她也會說明理由。

開玩笑請她分享點心，她就把剩下的餅乾都送給他，有點可愛。雖然那樣子也像在施捨，但沒有被無視就很值得慶幸了。

啊，這麼一一列舉出來，那好像算不上優點。

總之，索沃爾不討厭這樣的比安卡。不，他有點喜歡這樣的她。索沃爾覺得自己說不定會喜歡上這個嬌小、目中無人又傲慢的夫人。他的嘴角高高揚起。

索沃爾本來就難以抗拒有辦法管自己、把自己耍得團團轉的女人。他喜歡看起來對自己毫不在意，又不至於完全沒有機會的類型。

而比安卡恰好就是這樣的人。

＊＊＊

雖然當成散步，但巡視這廣大的城池依然不是輕鬆的事。

今天去城堡東邊，明天去南邊。就算每次只看一點點，繞完村莊太陽就快下山了。

明明只是一如字面「繞一圈」，沒有做任何特別的事，依然耗費了許多體力。

即使如此，頂多身體疲憊還能忍受。無論多辛苦，她所走的地方仍是在她的領地裡，累了就能休息，真的走不動了還能叫馬車載她回去，這是多幸福的生活啊！

過去的比安卡為了尋找容身之處，走到腳底傷痕累累也不能休息，只能走過漫長又布滿尖銳碎石的道路上。她當時不能休息也不能停下，繼續經歷這可怕的苦行，眼淚不停地流。與那時相比，現在根本不算什麼。

讓比安卡感到難受的反倒是其他事情——就是下人們的抗拒感。

每當她現身，下人們就聚在一起竊竊私語，若是比安卡稍微走近一點，他們就會倉皇逃走。

雖然比安卡招招手叫人過來，對方就會順從地低頭走上前，但大家都低頭看著地面，讓比安卡無從得知他們是什麼表情。

比安卡端正表情，神情堅定。其實她不會因為這種事傷心，但不會傷心不代表她能若無其事地忽略那些刺痛皮膚的敵視目光。她的思緒很混亂。

群起的敵意盤旋翻湧，凝聚成一支銳利的長槍，又分裂成帶刺的盾牌。四周傳來的吵雜聲中帶著抗拒感。比安卡確實是個不好相處的夫人，但也沒有做過該受到這般敵視的事。

CHAPTER ✣ 06.

究竟是什麼讓他們如此憤怒？

比安卡十分偶然地聽到下人們的對話，得知了答案。那些人沒想到比安卡在場辱罵她時，提到一個出乎意料的名字——那就是安特。

比安卡早就忘記安特是誰了。

安特侮辱了比安卡，比安卡也打了安特巴掌到手掌紅腫，但安特終究只是一名女僕。若不是在旁邊一起聽到這段對話的伊馮娜告訴比安卡，比安卡可能一輩子也不知道那些人為什麼厭惡自己。

阿爾諾堡是片寬廣的領地，但也沒有大到讓領地內的人互不相識。他們會知道安特的事也不奇怪。

但她離開領地已經兩三個月了，不過是件和一位女僕發生的小事，不值得到現在還被提起。只是夫人把想勾引伯爵的女僕趕走的情節，並不值得在書裡記上一筆吧？更何況下令把安特趕出去的，是他們崇敬的「那位」伯爵。

然而，他們卻堅信是夫人站在既得利益的立場，出於嫉妒，將跟自己身分相同的可憐安特成了犧牲品。比安卡此時才明白，她和安特的事遭到誇大謠傳，甚至遭到了扭曲。

不，這不是因為安特。安特的事只是一個契機，點燃了比安卡此前行為埋下的導火線。

諷刺的是，在所有人都與比安卡敵對的情況下，並非完全沒有向比安卡獻殷勤的人，原因是伊馮娜從比安卡手中得到了松鼠毛大衣。他們發現比安卡對自己人出手闊綽，就生疏僵硬地在比安卡身邊徘徊，阿諛奉承。

當然，就算如此，還是有很多人害怕比安卡。他們似乎覺得不小心在陰晴不定的比安卡面前做錯事，可能會像安特一樣被趕出去。

阿爾諾領地圍繞著安比卡的狀況十分混亂，她望向窗外，長嘆一口氣。她對於像這樣繼續在領地露面，長期下來到底是否能得到成效感到疑惑。

目前，阿爾諾領地內對比安卡的舉動，輿論大部分都是主張「反正她什麼都沒做，只是做做表面工夫」。

其實這也沒說錯。起初她只是為了展現自己身為伯爵夫人，對阿爾諾家也有一定的關心而開始巡視領地。學著管理是好事，但她也不打算將文森特負責的工作搶回來自己做。

畢竟這一切歸根究柢，都是為了生下扎卡里的孩子，同時保全自己。

CHAPTER ✣ 06.

如果是堅強有毅力的人，就不會屈服於他人的目光，繼續自己的行動才對，但比安卡討厭浪費太多時間在做了也沒用的事情上。

只要展現出自己為阿諾爾家努力奉獻的樣子就可以了，這不會只有一種方法。有沒有其他方法呢？比安卡思索著，緩緩走過迴廊。

比安卡大約走到迴廊中段時，聽見女僕們吵雜的聲音。大約五名女僕聚集在迴廊旁邊的空地上，坐在陽光下刺繡。手中的布料看起來相當高級，應該是要用在比安卡衣服上的刺繡。

比安卡直望著女僕們工作的樣子。一位將黑髮盤起的女僕刺繡手藝非常出色，如果是這麼優秀的手藝，也能鉤出很棒的蕾絲吧……

一浮現這個念頭，比安卡猛然回過神來。

沒錯，蕾絲。就是蕾絲。

突然想到什麼的比安卡忍不住傾身越過欄杆，急得連旁邊有樓梯都忘了。

「等等——」

「……夫人！」

「啊，非常抱歉，驚擾您了，夫人。請原諒我們。」

比安卡一呼喚她們，女僕們就嚇得臉色鐵青，迅速起身。她們紛紛對比安卡鞠躬賠罪，匆忙逃跑，彷彿只要被抓到一點紕漏，比安卡就會對她們找碴。

比安卡早就知道她們不喜歡自己了，但意料之外的反應有如一記重擊，比安卡一臉茫然地望著她們漸行漸遠的背影。

比安卡很快就平復慌張的心情，調整好表情後低聲嘆氣。比安卡身邊的伊馮娜戰戰兢兢地觀察她的臉色，煩惱著要如何安慰她、安慰她是否是對的，不敢輕易開口。

比安卡為了掩飾尷尬，毫不在意似的笑了笑，主動對伊馮娜說：

「我本來有事想問她們，這下糟了。」

「什、什麼事？如果是我知道的，任何事我都能回答您。」

伊馮娜也不自然地笑著附和。一時僵硬的氣氛被刻意拉高的聲音打斷，緩和了下來。

「剛才那個黑頭髮的女僕……」

「比安卡。」

比安卡剛繼續說下去，後方就有人呼喚她的名字。突然聽到自己的名字，比安

CHAPTER ✣ 06.

卡的身體一僵。

在這座城堡裡，可以直呼比安卡名字的人只有一個。比安卡原本裝做若無其事的努力都在一瞬間化為烏有。

他看到了吧？一定看到了。

想到扎卡里看到了剛才那些女僕閃躲的樣子，比安卡的臉一下子漲紅。管理不了女僕的領主夫人，真是羞愧不已。

這副模樣被最不希望且最不該看見的人撞見了，比安卡因為這悲慘的處境而發出低吟，甚至有種衝動，想將發燙的臉埋進庭院裡的雪堆。

但比安卡沒有低下頭，反而表情僵硬地更抬起頭。她調整呼吸，假裝若無其事，等她認為自己調整好狀態時慢慢轉身。轉過身的她臉色如陶瓷一般無暇冷淡，看不出來前一刻還因為丟臉而渾身顫抖。

與比安卡目光相對，扎卡里直挺挺地站在迴廊盡頭的轉彎處，宛如地獄之門守門人擋住她的去路。比安卡一轉身，扎卡里也朝她走過來。

隨著扎卡里步步逼近，比安卡的身體因為緊張而不自覺地繃緊。扎卡里就像一隻巨大的猛獸，一步步走向她。

最近跟在她身旁的護衛加斯帕德是阿爾諾堡裡身材最壯碩的人。他比扎卡里高，沒有人能敵過那厚實的肩膀肌肉與手臂。

每天眼角餘光都能看到這樣的加斯帕德，帶著他到處走動，她還以為自己稍微習慣了面對高大的男人，但扎卡里一出現在眼前，比安卡發現自己的這種想法是錯的。

他帶著壓迫感，足以彌補他與加斯帕德之間的體型差距，並且散發出身為領主和伯爵的威嚴與氣質，任誰也看不出來他過去曾多拚命地從男爵一路往上爬到這個位置。

比安卡試著回想第一次見到扎卡里的情形。雖然時間過去太久，記得不太清楚了，但當時他自認講究的打扮看起來十分彆扭又寒酸，比安卡對此感到不滿的心情仍記憶猶新，她還記得自己在奶媽珍妮的懷裡嚎啕大哭，哭著說父親把她賣給了窮鬼。

扎卡里走到比安卡面前。為了與高過自己一個頭以上的扎卡里對視，她必須將脖子抬高到極限。這也莫名讓比安卡感到挫敗，十分煩躁。

扎卡里穿著絲綢襯衫，搭配上頭襯有一層暗紅色布料的黑色貼身上衣，再披

CHAPTER ✣ 06.

上帶有光澤的黑色毛皮。腳上穿著長至小腿的灰褐色牛皮靴，白色長褲的兩側緊密地裝飾著以動物牙齒拋光製成的黑鈕扣。

如果是從前那個穿著粗糙亞麻襯衫，配上俗氣棕色緊身上衣的扎卡里，絕對不可能有這種時尚穿搭。看來爵位提升，他的穿衣品味也進步了。

這算是件好事。無論如何比安卡都必須和他同進同出，假如身旁的丈夫像耕田的農夫一樣穿著寒酸的衣服，也有損她的面子。

扎卡里的銀灰色髮絲梳得蓬鬆自然，隨著吹進迴廊的寒風飄動，唯獨他直視比安卡的視線始終如一。是啊，他總是像與比安卡有不共戴天之仇，用想把她生吞活剝的眼神看著她……

然而，今天格外靠近的他，眼裡明顯地透露出銳利的不悅。雖然他平常總是繃著臉，彷彿連針都刺不進去，但此時微微彎起的嘴角及眼尾洩漏出他難以隱藏的內心。

扎卡里的表情明顯不悅，比安卡的心臟再次重重一跳。自己費盡心思想至少在他面前留下好印象，為什麼偏偏在他心情不好時遇見他？還被他看到了自己剛才被女僕們拒絕的醜態，簡直糟糕透頂。

俗話說一個巴掌拍不響，他們的手卻好像每次都無法相觸。是因為他們註定沒有緣分嗎？比安卡苦笑。

扎卡里走近比安卡問道：

「妳在這裡做什麼？」

「沒什麼。」

比安卡抬起下巴，高傲地回答，不自覺地表現出強大自尊心的態度，彷彿不會輕易露出弱點，在臉上戴上名為平靜的面具，沒有一絲慌亂。

但胸口因為緊張而膨脹的心臟在劇烈跳動。比安卡濡溼乾涸的嘴脣，吞下口水以免破音。她不想談論剛才在這裡發生的事，轉移了話題。

「上次向您提過的事怎麼樣呢？」

第一次走到馬廄的那天，比安卡立即就去見了扎卡里。聽見比安卡想學騎馬，扎卡里用難以揣測的漆黑瞳孔緊盯著她。

『妳要騎馬應該會很難。』

『是很難，但並非不可能。』

扎卡里不贊同比安卡騎馬，但比安卡沒有像面對索沃爾時那樣退讓，因為她

CHAPTER ✢ 06.

知道她得說服扎卡里，否則什麼事都做不到。而且她有信心可以改變扎卡里的意思，畢竟他從來沒有攔阻過比安卡做的決定。

扎卡里和比安卡經歷了幾回合的攻防戰。

扎卡里以比安卡的健康及體力不佳為由拒絕，而比安卡認為扎卡里不是真的在擔心自己，背後還有其他原因，只是扎卡里不願輕易洩漏。

不過，最終結果就如比安卡所料。莫名抗拒的扎卡里最後不得已給出正面的回答，說自己會考慮。還說他會親自處理，比安卡不需要費心，結束這個話題。

這是兩人在那之後第一次見面。聽到比安卡的問題，扎卡里依然表情嚴厲地冷冷回答：

「妳不用特地提醒我，我也不會忘記。我已經吩咐文森特去找一匹適合妳的小馬了。雖然現在是冬季，市場上的馬匹不多，不過他的手腕高超，應該很快就會找到。」

扎卡里皺著眉，上下打量比安卡，眼神像在說「明明體力不如人還想要學騎馬」。更是加深掛在他嘴角的不悅。

「現在是冬天，下雪既寒冷又危險，所以等到新芽生長的初春再開始學馬術也可以。如果學得好，去首都之後也可以騎馬。」

「這真是個好消息。」

嘴巴上說是好消息，比安卡的表情卻不怎麼開心。

對話暫時中斷，扎卡里朝站在比安卡身後的伊馮娜與加斯帕德揚了揚下巴，下了逐客令，示意他們退下。

加斯帕德很快就明白主人的意思，馬上鞠躬退下。伊馮娜則擔憂地望向臉色莫名蒼白的比安卡，猶豫不決。但她沒辦法違背主人的命令，只能離開。

家臣們退到遠處，只剩下比安卡和扎卡里兩人。比安卡光滑的下巴上滲出細小的汗珠。難道是這段對話會延長到需要下逐客令嗎？這麼一想，緊張感就像一根刺，扎上比安卡。

比安卡依然對扎卡里感到不自在。站在他筆直的目光前，感覺就像變成獵物。

扎卡里看向比安卡的專注視線像要刺穿臉頰一樣，比安卡覺得自己這副模樣就跟展示在大廳裡的鹿隻標本沒有兩樣。

負面想法剛要表現在臉上，比安卡就像要轉換氣氛一樣，開朗地問：

「您怎麼會來這裡？我以為您現在會在辦公室。」

CHAPTER ✣ 06.

「我很好奇妳做得順不順利。自從妳開始對管理城堡感興趣，我就打算來看看了。」

聽到扎卡里的回答，努力保持笑臉的比安卡表情僵住。他本來就很忙了，非得抽出時間來看她的理由很明顯。

說來也是。比安卡的臉蒙上一層陰翳。雖然從未有過期待，但微妙的失望與挫折感籠罩住比安卡。她不高興地問：

「您是在擔心我會闖禍嗎？」

「不是這樣。」

扎卡里嚇得跳了起來，籠罩在比安卡臉上的陰翳也出現在他臉上。他急忙辯解似的接續道：

「我相信妳一定會做得很好。」

聽見意料之外的話，比安卡眨眨眼睛看著他。這是她第一次聽見如此正面的回應，因為以往每當她說想做什麼，周圍的人都一臉懷疑，露出想著「比安卡真的辦得到嗎？」或者「是不是有什麼企圖？」的表情。

扎卡里不知道是如何解讀她的反應的，表情像被勒住脖子一樣鐵青。

不，比安卡覺得這是錯覺，扎卡里怎麼可能會在意自己的反應。就在比安卡感到困惑的同時，扎卡里又恢復成以往的面無表情。

「我無意增加妳的壓力。」

扎卡里的表情平靜得毫無生氣，嘴裡也和表情一樣乾澀。而這件事，只有扎卡里自己知道。

扎卡里發現自己接連說錯話，每一句都努力斟酌。只是每當他想更加謹慎，表情就會更嚴肅，沒辦法發揮理想的效果。

「我只是在想，這是妳第一次為我做點什麼……」

「這不是為了您，只是我理當該做的事。」比安卡冷冷地說。

他說這是自己第一次為他做點什麼，聽起來就像在說她至今都不管事啊。就算那是事實，比安卡依然感覺扎卡里的話像在嘲諷，語氣變得十分尖銳。

但這麼說是不是太傷人了？比安卡慢了一拍才發覺，小心翼翼地看扎卡里的臉色。他的表情依然難以看透。

比安卡在心裡嘆一口氣。對平時總是隨心所欲，不會看別人臉色行事的比安卡來說，和扎卡里對話絕對不算愉快，但還是必須適應。

CHAPTER ✣ 06.

「我是阿爾諾堡的女主人。既然您不想和我生下繼承人，我想用這種方式幫上一點忙。」

比安卡的話音剛落，扎卡里瞇起眼睛。短暫地沉默後，他試探地低聲問道：

「……布蘭克福特伯爵有連繫妳嗎？」

「父親嗎？沒有。」

不懂他為什麼會突然提起自己的父親，比安卡皺起眉頭。

難道他以為是父親對自己下了什麼指示嗎？要她併吞阿爾諾家，進獻給布蘭克福特家之類的？

布蘭克福特伯爵對比安卡而言是宛如堅強後盾的父親，但對扎卡里來說只是戰略結盟的關係，並沒有特別親近的交情。

這是個連親兄弟都能背叛的世界，更何況是親家，戒備笑裡藏刀的妻子家以及難以捉摸的妻子，也不是什麼奇怪的事。

事實上，也有國王將女兒們嫁給隨便一個地區領主，要女兒生下繼承人後暗殺丈夫，將領地與家族占為己有的案例。

話雖如此……如果他相信我會背叛……

比安卡身上勒住胸部，冰冷又堅硬的鐵製束衣頓時讓她喘不過氣。他們之間的關係不應該存在著背叛感，這股煩悶是怎麼回事？

「如果不是這樣，我無法理解目中無人的妳，為什麼會突然提起繼承人的事。」

扎卡里低聲呢喃，完全沒察覺到比安卡的心情。

比安卡與布蘭克福特家沒有連絡過的事情，他早就從文森特口中得知了。文森特不會對他撒謊，因此比安卡沒有與娘家連絡應該是事實。不過如果他們是在文森特不知情的的情況下暗中接觸……

想到這裡，扎卡里勾起冷笑。

既然是暗中接觸，她怎麼可能會乖乖坦白？雖然知道問這問題是白費工夫，但他實在無法預料到她的行動，因為鬱悶而試著問出口罷了。

比安卡意識到扎卡里不是因為懷疑才試探她的，解開了誤會，但堵在胸口的那口氣依舊十分難受，比安卡也厭倦了辯解。

就在她猶豫要怎麼回應時，突然發現扎卡里不經思考就說出口的話中有個奇怪的地方，比安卡的臉迅速漲紅。

CHAPTER ✢ 06.

「那當然是因為時機到了……可是等一下，你說我目中無人……」

「妳想否認嗎？」

扎卡里的指尖輕輕敲了一下比安卡的鼻尖。皮革手套擦過鼻尖，帶來奇異的觸感。比安卡瞪大了眼，而扎卡里也一樣。

這應該扎卡里下意識做出來的舉動，但帶來了極大的影響。在彷彿不小心碰到了火，驚慌的兩人之間，瞬間安靜下來。

先回過神的是身為始作俑者的扎卡里，他裝作若無其事，端正臉色後緩緩開口，彷彿不曾慌張過。

「因為這點小動作就嚇到，還說要圓房，真是好笑。」

「……那件事和這個是兩碼子事。我剛才只是沒想到……如果是在床上，我可以做得更好。」

「妳又知道什麼？」

比安卡虛張聲勢的態度讓扎卡里一時語塞，乾笑出聲。平常總是冷淡，幾乎沒有表情變化的人笑出聲來，讓比安卡的臉更紅了。

『剛才敲我的鼻子，現在又嘲笑我，他根本把我當小孩子看。』

滿懷傲氣的比安卡緊咬著唇。她將剛才和扎卡里無意間的觸碰，當作單純越界的無禮行為，瞪著扎卡里。

雖然耳朵依然滾燙通紅，但高高抬起的下巴、優雅而自信挺起的肩膀，以及那雙像在挑釁的清澈淡綠色眼眸都沒有一絲慌亂。她挑釁似的勾起嘴角。

「我知道很多事情。我是阿爾諾家的女主人，當然為了生下阿爾諾家的繼承人學過那些事。」

「那是誰教妳那些事的？」

「……女僕們。」

比安卡的尾音微弱得幾乎聽不見。扎卡里要發現她在說謊，就像要在四散於阿爾諾領地畜牧場中的馬匹裡，找到他的戰馬諾亞一樣。簡單來說，這是易如反掌的事。

和比安卡親近的女僕，只有從娘家帶來的奶媽珍妮。扎卡里也記得她，珍妮都將一頭白髮盤起，十分正經嚴厲。即使扎卡里是比安卡的丈夫，也始終沒給過他好臉色，還省略了許多應該向他報告、有關於比安卡的事。

她明明知道這麼做對比安卡沒有好處，卻因為無法接受扎卡里成為比安卡的丈

CHAPTER ✢ 06.

夫而私心作祟。

或許是受到奶媽的態度影響，年幼的比安卡非常討厭扎卡里。剛結婚時，甚至只要看到他就會開始大哭，極其排斥。

總之，討厭扎卡里的奶媽不可能教導比安卡關於夫妻之間會有的親密關係，應該只告訴了她最必要的基本知識。

更何況，她三年前就染上傳染病去世了，很難和現在比安卡突然改變的態度牽扯上關係。

而且比安卡與阿爾諾家的女僕們關係並不親密。剛才也是一樣，比安卡一靠近，女僕們就一哄而散，要從她們身上學到那些事？根本不可能。

如果是她身邊的侍女……對了，她是叫伊馮娜吧？比安卡最近有把一位侍女帶在身邊，可是比安卡在這之前就提過繼承人的事了，和她無關。從關於伊馮娜的報告看來，她的個性不像會與比安卡私下談論這種事。

她最近行事越來越奇怪。不是突然提起繼承人，就是說要接手文森特的工作。

雖然代替文森特掌握實權是每個貴族夫人都會做的事，扎卡里沒有理由反對，因此沒有多管，不過他一直很擔心。

他擔心柔弱嬌小的比安卡做太多事，會影響到健康。後來還說要騎馬，即使她依然是個傲慢又挑剔的貴族夫人，卻又能感覺到她和以往有所不同。

比安卡的態度轉變得過於突然又極端，找不到前因後果，所以才讓扎卡里懷疑是不是布蘭克福特家曾寄信來斥責比安卡的表現，雖然比安卡似乎完全理解成不同的意思就是了……

比安卡死咬著嘴唇，淡綠色的雙眸宛如夏季綠芽，散發出堅定的光芒。可以清楚地看到她絕不會在繼承人的問題上輕易讓步的意志。

扎卡里對這樣的比安卡感到陌生。一直以來，她總是轉過頭，躲避扎卡里的目光。

過去的樣子還歷歷在目，最近比安卡毫不迴避、迎上自己的視線讓他難以適應，也動搖了扎卡里內心的一角，有如期待著即將到來的戰鬥，毫不留情地踩踏的馬蹄聲。

十六歲在這個時代中不小了。許多女性在十六歲就生下小孩，實際上，扎卡里也在這個年紀就上戰場，殺了無數人。

只是在扎卡里眼中，比安卡還是十分年幼的小孩。比安卡挺直身子站著，表示自己已經長大了的模樣讓扎卡里一陣心癢，壓抑不了想惡作劇的衝動，立刻追問：

「所以，妳是怎麼學的？」

「什麼？」

「女僕跟妳說要做什麼？」

「……」

扎卡里的提問像在逗弄年幼的妻子，嘴邊出現淺淺的笑意。

比安卡究竟會怎麼回答呢？只是想想就忍不住揚起嘴角。

雖然不明顯，比安卡還是第一次親眼看到扎卡里的臉上出現友善的反應。她疑惑地睜大眼，懷疑是不是自己看錯了，但她揉揉眼睛再看一次，他的表情還是沒變。在深邃的眼眸中，宛如流蘇樹果實，烏黑發亮的瞳孔甚至看起來有點溫柔。

怎麼可能溫柔！剛才還懷疑自己與布蘭克福特家私下合謀，卻突然開始追問自己和女僕們的對話內容，還露出那種表情。比安卡嚥下口水。

至今沒有注意到的麝香香氣現在格外刺鼻。

這麼說來，扎卡里身上總是帶著淡淡的麝香氣味。這種味道應該十分不適合冷漠且禁欲的丈夫，實際上卻適合得驚人。

他的麝香香氣很淡，平時不明顯，只有肌膚相親時才能聞到。平常與扎卡里保持距離時沒什麼感覺，但與他進行床事時，這股麝香香氣總會透過鼻腔將她吞噬，讓她的身體失去力氣。

此時能聞到這股味道，就表示比安卡與扎卡里的距離極為靠近，只是比安卡無法注意到這件事。

比安卡感到一陣暈眩，口乾舌燥。她得給出回答，不能在這時讓扎卡里再起疑心。她完全不曉得扎卡里是在逗她，盡力擠出合理的謊言。

「……她們說伯爵大人就要三十歲了，必須盡快生下繼承人。」

扎卡里臉上露出有點尷尬的笑容，因為想逗比安卡而提出的問題，反倒讓自己吃了虧。

比安卡說得沒錯。二十九歲不是可以悠哉等著繼承人到來的年紀，何況他還經常出征沙場。扎卡里意識到自己年紀已經不小的事實，乾咳兩聲後，像在說服比安卡似的說：

「但她們似乎沒告訴妳，十六歲要生孩子還是太小了。」

「戰爭頻繁，領地裡的人都十分不安。」

CHAPTER ✣ 06.

「我沒想到妳對領地的事情如此在意。」

這是扎卡里無心的話，但對聽者來說並非如此。

平時對領地漠不關心的她突然提起領地，還想拿領地約束扎卡里讓他感到不滿了嗎？比安卡以為扎卡里在斥責自己，滿臉通紅。

白皙肌膚下升起的熱度無法輕易消退，比安卡悄然垂下眼，乾咳幾聲。扎卡里說的是事實，沒有辯解餘地的比安卡只能轉移話題。

「您還是不打算讓我生下繼承人嗎？」

「我們馬上就要去首都了，現在不是懷上繼承人的好時機。」

「跟繼承人相比，去首都沒那麼重要吧？這個想法就跟害怕日曬而不耕作一樣愚蠢，簡直自相矛盾。」

不能在這時退讓。如果這次無法突破扎卡里的銅牆鐵壁，一切只會再度回到原點，之後不斷重複同樣的對話。對此感到厭煩的比安卡決定放手一搏。

「若非如此，您寧願找那種藉口也要躲我的理由是什麼？」

「我不是在躲妳。」

「騙人。」

比安卡的淡綠色雙眼閃爍著光芒，目光執著地注視著扎卡里的臉龐，似乎想看穿隱藏在表情下的真實想法。

如果是之前的比安卡，可能會嘲諷地問他是不是因為有情婦才躲著自己，但經過幾次對話後，她知道扎卡里不喜歡談論關於情婦的話題。惹惱扎卡里沒有任何好處，因此比安卡對那件事閉口不談。

執著試探的人不只比安卡，扎卡里也仍舊不放棄追究比安卡突然提起繼承人的原因。

「妳才是，為什麼突然這麼著急？我不管怎麼想都想不通。在我出去打仗的這段期間，妳的心境有了什麼變化嗎？」

比安卡咬住下唇。扎卡里不斷提出難以回答的問題，可恨極了。

比安卡心想著是不是必須說謊，但剛才拿女僕當過藉口了，她不知道該再找什麼理由搪塞過去。

改變心意的原因有這麼重要嗎？自己突然改過自新就這麼無法理解嗎？比安卡還以為兩人變親近一點了，會帶自己去首都也是因為對自己產生了好感。

原來並非如此。比安卡想到這裡，心裡突然湧上悲傷。不管再怎麼努力都在原

CHAPTER ✣ 06.

地踏步的現實讓比安卡不知該如何是好。

即使只有一點點，自己似乎也不自覺地對扎卡里敞開了心扉。抱持著不會有回報的期待，以為他一定會歡迎自己生下的繼承人，結果卻是這樣，既悲慘又難堪。

比安卡緊咬住發顫的嘴唇，努力不讓聲音顫抖。但這不容易。

「……我要懷上您的孩子，一定需要理由嗎？」

話一說出口，就更加難過了。我明明是阿爾諾家名正言順的女主人，為什麼非得這麼卑微地懇求丈夫，說要為他生下繼承人？我也不是自願這麼做的，到底要重複說一樣的話到什麼時候？

想到自己悲慘的處境，眼淚就像潰堤一般湧上眼眶。眼前一片模糊，後腦杓刺痛緊繃，她淡綠色的雙眼立刻就像帶著朝露的草葉，閃閃發光。

比安卡不想被扎卡里看見自己哭泣的樣子，用力睜大眼睛。她知道眼淚不能解決所有問題，也知道眼淚有時是很好用的工具，但在她的人生中，她一次也沒有成功用眼淚解決過事情。

不管是當她纏著父親哭著說不想結婚時、當珍妮因病逝世時，還是當她流淚乞求費爾南不要拋棄自己時。

世上總有人能用眼淚博得別人的惻隱之心，但比安卡沒有獲得那種才能。流淚只會傷害自尊心，這對出生為布蘭克福特家的獨生女，從不對任何人低頭，帶著強大自尊心活到現在的比安卡而言是極為可怕的事。

所以比安卡竭盡所能地忍住眼淚。然而，她無法控制湧出的淚水，眼淚在不知不覺中接連滑下她的臉頰。

當比安卡的臉被淚水濡溼時，扎卡里驚慌得不知道該怎麼辦。自己說了什麼過分的話惹她哭了嗎？我剛才說了什麼？扎卡里的腦袋一片空白，結結巴巴地試圖安慰比安卡。

「……妳、妳為什麼哭了？」

「我沒哭。」

「妳明明就在哭……！」

這也是扎卡里第一次安慰哭泣的人，因此動作無比生硬。他的手始終無法碰上比安卡的肩膀，只在那附近不斷游移。扎卡里的臉瞬間變得蒼白。

比安卡固執地用力睜大眼，即使眼淚湧入眼眶也不眨眼，像在瞪扎卡里一樣盯著他。她纖細的手緊緊抓著裙襬，不知是因為太用力還是天氣寒冷，她的手背特

CHAPTER ✢ 06.

別蒼白。

當眼淚模糊了視線，比安卡就用手掌擦拭眼角。發紅的眼眶帶著炙熱的傲氣。

扎卡里認輸了。這場遊戲的結局自一開始就已經註定了。慌張得手足無措的他不停張開嘴又闔上，最後無可奈何地嘆了一口氣，舉起手說：

「啊，我知道了，我不問了。我不會再問妳為什麼決定這麼做了，所以不要再哭了。」

直到扎卡里認輸，比安卡才不再否認自己哭了，努力想止住眼淚。她吸吸鼻子，用力擦去眼角的淚水，但一度湧上的眼淚沒有那麼容易平復。

抽泣了一會兒，眼淚流光後，比安卡顫抖的聲音也平復下來。

雖然她透過眼淚發洩了不少，卻也沒有忘記自己的目的。固執的比安卡挑釁似的瞪著扎卡里，並續道：

「……那讓我懷上繼承人吧。」

「這個不行。」

扎卡里回答得迅速又堅決，彷彿上一秒的焦躁不安都是假象。

倒不如一開始就不要安慰人。手起刀落般的果斷態度看在比安卡眼裡，像在說他絕對不想讓比安卡生孩子。

如此堅決無情的他，兩年後究竟為什麼會來找比安卡呢？兩年後的她跟現在的她明明沒有什麼不同。

真的無法理解扎卡里的想法，比安卡露出快要哭出來的表情。一看到她這副模樣，扎卡里再度手足無措，不知道究竟該怎麼辦。

「……除了繼承人，妳想要什麼我都答應，好嗎？」

「我想要的就是繼承人。這沒什麼大不了的吧？只是夫妻之間理所當然的……」

「怎麼會沒什麼大不了。」

扎卡里露出苦笑，他俯視比安卡的目光像在用糖果哄小孩。

雖然比安卡回到了十六歲，但心智年齡是三十八歲，比扎卡里還大九歲。比安卡感到不甘心，想開口反駁的瞬間，扎卡里伸手撫上比安卡的臉頰。

溼潤的臉頰上傳來皮革的觸感，麝香香氣從微微露出的手腕縫隙間飄散。

「妳什麼都不懂。」

比安卡有很多話想說。關於床笫之事，她說不定比扎卡里更了解。而且，她也

CHAPTER ✢ 06.

早就經歷過了，只有扎卡里以為她什麼都不懂……

然而，比安卡彷彿被扎卡里輕撫自己臉頰的指尖束縛住，嘴唇一動也不能動。

扎卡里這時才發現自己正在撫弄比安卡的臉頰，像碰到了不能觸碰的物品，動作頓時僵住。他迅速縮回手，臉上顯露出困惑，和剛才比安卡哭泣的時候不盡相同。

「……總之，妳不要太勉強自己了。」

扎卡里立刻轉身離去，明顯是想逃避。他的步伐穩重，但邁出的幅度寬大，很快就消失在漫長的迴廊盡頭。

扎卡里走遠後，比安卡長嘆了一口氣。伊馮娜快步走近比安卡，觀察她的神情。比安卡揮揮手表示沒事，望向悠長迴廊的窗戶外頭。時間似乎過了很久，已經日暮時分了。

扎卡里不會輕易改變決定。即使比安卡發誓過這次要好好完成這場婚姻生意，但這也需要對方配合吧？看現在的情況，感覺真的得枯等兩年，等到扎卡里決定與她度過初夜的那一刻才能與扎卡里圓房。

兩年，這段時間都能生下兩個孩子了。既然如此，乾脆……

直接找機會把他撲倒吧……？

這個想法不錯。不，反倒是個好辦法。

彷彿原本讓眼前朦朧不清的濃霧瞬間消散，視野變得清晰明朗了。與其戰戰兢兢地看扎卡里臉色，這樣更好。

望著迴廊外落下的太陽，比安卡的眼裡閃著挑戰的光芒。

* * *

文森特被比安卡傳喚到她的房間。

這陣子她堅持四處巡視領地，安靜到文森特都忘了她的存在，但果不其然，又差不多到把商隊叫來，購買新品的時候了。

假裝是為了領地著想，卻也不過如此。如果夫人真的為了領地著想，比起浪費力氣到處走動，只要克制奢侈的行為就會很大的幫助。

文森特抵達的時候，比安卡正沐浴著陽光，坐在箱子上刺繡。一旁的伊馮娜新奇地看著比安卡手中的刺繡，而加斯帕德站在門前，向走來的文森特輕輕點頭致意。

CHAPTER ✣ 06.

這幅恬靜和睦的景象完全不適合房間的主人比安卡，讓文森特感到困惑時，比安卡的視線仍盯著刺繡，突然開口：

「已經夠了。」

「什麼？」

「我說這樣就夠了。」

比安卡說的話沒頭沒尾的，即使文森特反問後，她也多解釋了幾句，但文森特依然摸不著頭緒。

不知該如何回應的文森特保持沉默時，比安卡依然沒有停下手中在布上刺繡的針，從容不迫地說：

「我差不多可以慢慢不再去巡視領地了。我發現領民們確實不怎麼喜歡我。」

聽到比安卡說她不再去巡視領地了，文森特沒有很驚訝，彷彿早就料到這件事了。

其實比安卡放棄巡視的時間，比文森特當初預估的時間還多了一個月，光是她能堅持去做如此枯燥又辛苦的工作到現在，就相當令人意外了，只不過，比安卡若無其事提到的那句「領民不喜歡她」才讓文森特擔憂。

他可以輕易想像到比安卡不受領民歡迎的畫面。他們知道比安卡的惡名，雖然不會明顯做出過分的舉動，但比安卡還是難免會聽到那些人在背後說三道四。比安卡該不會是要狠狠懲罰那些欺侮自己的領民吧？文森特提心吊膽，如果這樣下令懲罰，領地裡應該就沒有領民了。

幸好比安卡沒有再提及這件事。

「還是像以前一樣，由你出面處理比較好，而且也很耗費體力。」

現在的比安卡太嬌弱了。雖然不是體弱多病，但她自己也非常清楚自己的體力完全派不上用場。

即使散步的同時去一一巡視領地，讓她的體力增強了許多，不過精神消耗的速度也非常快。

就算她不在意身邊的目光，遇到帶有敵意的目光也不可能感到愉快，因此承受的龐大壓力連比安卡所剩無幾的體力都吞噬殆盡。

「仔細想想，至今你一個人也能將這片領地打理得這麼好，當然這些事情我還是要學，不能永遠都交給你，但我也不急著接手。」

有文森特在，根本不用急。至少他在未來六年內，都能堅實地支撐著阿爾諾家。

比安卡已經看過文森特的未來了。雖然比安卡的重生也會影響到文森特的命運，但文森特的品行、人品、會做出什麼選擇等等無法輕易改變。

她與文森特一起度過了比想像中還長的時光，在文森特的主君扎卡里死後，他也一起度過了墜入深淵般的絕望時刻。因此不用多管文森特，比安卡知道他不是會隨便出賣阿爾諾家的傢伙。

比安卡也沒想過領民們會喜歡自己。與其一直干涉農奴們的工作，讓他們產生情緒，不如遠遠看著。這樣一來，不管他們要躲她還是辱罵她，比安卡都不會受到任何傷害。

如果要討那些人歡心，比起出現在工作地點監督他們工作，提供一點物質上的幫助會更有效果。金錢是比安卡能運用的最輕鬆簡單的手段，身體輕鬆，心裡也自在。

不過比安卡堅持要去巡視領地也是有原因的。

比安卡的嘴角露出微笑。雖然很累，但巡視領地也算是有收穫，她用有些開心的語氣繼續說：

「當然我還是會干涉一些小事、給你添麻煩。例如尼古拉的事。」

文森特對比安卡記得尼古拉的名字感到詫異。當然，比安卡非常喜歡尼古拉雕刻的蠟燭，也親口叫過他的名字，但她是「那位」比安卡啊。

在今年冬天前，「那位」比安卡連扎卡里三位副將的名字都記不住。文森特作夢也沒想到，這樣的夫人會記得區區一個蠟燭工匠的名字。

比安卡毫不在意文森特是否驚訝，手中的針繼續來回穿過布料。

從文森特的位置看不清比安卡在繡什麼，而伊馮娜像要把臉埋進繡框裡一樣，目不轉睛地看著比安卡手中的針。

這時，比安卡又若無其事地說出讓文森特更為震驚的話。

「不過，我想找幾名女僕來做點生意。」

「什麼？」

「你可以幫我找幾個手藝靈巧的女僕來嗎？我看過一位黑髮的女僕，她的刺繡非常漂亮。」

比安卡說得輕描淡寫，但實際上絕不輕鬆。

比安卡要做生意？從出生到現在，不曾踏出城堡的她嗎？她含著金湯匙出生，

CHAPTER ✢ 06.

從來都是購買的金主，而非販售的商人。

坦白說，比安卡說不定連金錢真正的價值都不了解。比安卡認為的生意，就是得到自己想要的東西，捨棄自己不想要的東西。文森特敢用偷偷藏在自己房間裡的一杯紅酒打賭。

聽她說要找擅於刺繡的女僕，看來是想到了跟刺繡有關的好主意。從她把刺繡當作生意的資本來看，似乎也不是完全沒有想法。

刺繡是比安卡少數感興趣且擅長的項目之一，而她要做生意這件事這本身就讓人意想不到……

但若是問到刺繡能否當作像樣的生意資本？文森特一定會毫不猶豫地搖頭。刺繡是女人們的基本教養，是人人都會的技術，如果想靠它賺錢，就要有十分精湛的手藝或者獨特且細膩的花樣。

無論是用彩色繡線，還是在高級布料上刺繡等等做出特色都沒有意義。會購買刺繡商品的人是有錢人，在有錢人家的領地內，肯定會有一兩位擅長刺繡的女人，而且他們可以大手筆地提供刺繡的原料，沒理由特地花錢買。

比安卡究竟想拿什麼當作做生意的資本呢？文森特感到茫然又好奇，猶豫再三後問道：

「您說的生意究竟是……」

「我要賣蕾絲。」

比安卡將刺繡的布料翻面，用小剪刀剪斷線，把某樣東西從布料上拿下來。她拿下來的東西看起來就像用線織成的蜘蛛網。比安卡用手拍了拍布料，將它攤開。

純白的線交錯成華麗的花朵圖樣，花紋之間留有空隙，可以看到背景。那是文森特這輩子第一次見到的東西。

「您說這是蕾絲嗎？」

連名字也很陌生。文森特眨眨眼，直看著比安卡手裡的蕾絲。比安卡用指尖輕輕捏起蕾絲布，對文森特揮了揮，示意他拿去看。

文森特恭敬地彎腰走向比安卡，接過她手中的蕾絲。

近看也很神奇。布料與繡線交錯，構成美麗的花紋，文森特想不通這究竟是如何做出來的。

如蟬翼一般輕薄，既透明又漂亮。文森特著迷地望著手中這華美的織物，實在

CHAPTER ✣ 06.

無法相信這麼高貴美麗的物品，是出自比安卡之手。

看到文森特吃驚的模樣，比安卡平靜得像早就預料到了。這也難怪，畢竟蕾絲在這個時候還不流行。

比安卡第一次聽說蕾絲，是在重生前，從現在往後算十三年的二十九歲時。那年比安卡待在修道院，修女們曾流行利用閒暇時間製作蕾絲，因此接觸過。

當時手工製成的蕾絲可以補貼修道院的營運資金，比安卡也為了籌措經費而半強制地被迫參與。這還是因為她暫居的修道院還算寬裕，用得起亞麻紗。

在那之後，比安卡移居到連亞麻紗都無法隨意使用的修道院，為了籌措經費只能做些雜務。

沒想到這段經歷能這樣派上用場。她對還呆愣地摸著手中蕾絲的文森特問道：

「如何？這樣的東西值得賣嗎？」

「當然……當然能賣，如果是這種東西，一定可以賣個好價錢。」

文森特稍微修正了比安卡在他心中的評價。人說尺有所短、寸有所長，誰能想到比安卡有花錢的才能之外，還有這種創造的天分？

這個蕾絲絕對賣得出去。文森特至今為了滿足比安卡，鑑別過無數奢侈品的直覺這麼告訴他。

但是，如果要說有什麼問題……文森特有點擔憂地補道：

「不過，要開拓販售管道恐怕不容易。」

「我們明年不是要去首都嗎？」

比安卡輕聲回答，語氣裡充滿自信。

當年蕾絲在世人面前亮相後，在整片大陸掀起熱潮。技術日漸進步，還被用來裝飾祭司服，連王宮也對此趨之若鶩。蕾絲貴重到被譽為「織線的寶石」，成為貴族們夢寐以求的奢侈品。

更何況現在比那時早了十幾年！

只要明年帶著蕾絲去王城，肯定會受到萬眾矚目。大家一定會問是在哪裡取得的，比安卡只要請對方與自己的領地連繫，就能坐著賺錢。

比安卡做生意賺來的部分收入，能當作她的個人財產存起來。而且周遭的人也會認為她是「為了家族做了這些事」並認同她，也就不會被輕易趕走。這是一場對比安卡獲益良多的生意。

那麼，究竟該如何宣傳蕾絲呢？

CHAPTER ✣ 06.

女士們不會經常掏出手絹，比安卡也沒有學過將蕾絲縫製在衣服上的技術，頂多裝飾在衣服邊緣。但只是縫在布料末端作為裝飾，果然很難吸引目光。

如果是披肩或面紗之類的呢……尺寸適中，位置也很引人注目……很好，這樣不錯。

比安卡滿意地揚起嘴角。

「我會在首都的宴會上故意炫耀這東西，要是沒什麼人注意，只要進獻給公主殿下就好了。不需要多說什麼，就能讓大家對蕾絲產生興趣。這樣一來，那些人就會來連繫我們領地，也不用太擔心販售的渠道。」

文森特大幅修正了對比安卡的評價。她連販售的對象與途徑都想好了，這對策比想像的還要聰明。

她至今疏於管理領地只是因為她不想做，而不是做不到。文森特確定這一點後，稍微放下心來。

雖然現在是文森特在管理領地，但安比卡遲早得掌握控制權。

以前文森特只要想起自己花一輩子管理的領地要交到比安卡手中，就感到無比煩悶，但現在應該可以稍微放心了。

文森特因為意想不到的事而有些激動。他用從未對比安卡表露過，帶著忠誠的語氣回答：

「我知道了。我會找些女僕，為了避免她們盜取技術，我會嚴格篩選的。」

「我相信你。」

比安卡看著在處理事務時最可靠的管家，微微笑了。那個笑容就像文森特手中拿著的蕾絲一樣爽朗柔軟，文森特從來不曾看過比安卡露出這種笑容。

CHAPTER
07.

春天來臨的聲音

春天將近，阿爾諾家正值忙碌的時期。白晝變長，夜晚縮短，外出活動的時間也變長了。

初春時分，人們慶祝聖母淨化日，農奴把十字架掛上犁耙，祈求豐收。去年十月播下的麥子有了一定的成長，三月要種大麥，夏季則要將小麥脫粒，這一年想必又會忙碌地度過年。

忙碌的農務是農奴們的幸福，因為越忙就越能期待作物結出豐盛的果實。

勤奮的牧羊人早已帶著羊群前往原野。遙遠的南方原野比領地溫暖，如果再勤快一點，就能讓羊群們吃到積雪融化後，平原上冒出來的嫩草。牧羊人一邊為羊群哼著歌，一邊趕著羊群前行。

今年冬天算不上嚴寒，但還是有人熬不過冬天死去。農奴死去後有一項稱為繼承稅的制度，農奴曾經擁有的家畜都將交給領主。

通常領主們會帶走上好的家畜，例如健康的母牛、肥碩的豬隻。但幸虧阿爾諾伯爵扎卡里是位好領主，他拿走體型中等的豬隻或是鵝、雞、山羊等牲畜代替母牛。

前年夏天，曾發生丈夫留下懷有身孕的妻子死去的憾事。扎卡里來領取那名丈

CHAPTER ✢ 07.

夫的繼承稅時，當場拔劍砍下雞頭，只帶走了雞頭，剩下的雞身是特別為孕婦留下的。

不善言辭的扎卡里既不會說漂亮話安慰領民，也不曾大聲炫耀過自己的功績。但諸如此類的事蹟不斷累積，所有領民都毫不避諱地稱讚扎卡里是個好領主。

春天來臨，忙碌的不只是農奴。城堡必須重新裝潢布置迎接新春，而且領主夫婦很快便要出發去首都了，收拾行李也不輕鬆，每天都忙碌不已。

負責馬車的馬伕們檢查輪子與車廂裝潢，連裝飾在馬車中央的家徽都檢查了。馬車內裝尤其重要，因為要搭乘馬車的人不是別人，正是挑剔的夫人。

這樣的夫人居然有段時間去巡視領地，到僕人們工作的地方，這到現在還是令人難以置信。

這樣說來，有一陣子沒看見夫人了。正在確認坐墊是否夠軟的馬伕保羅像突然想起什麼似的說：

「對了，最近都沒看到夫人呢。」

「聽說她身體不舒服。」

忙著檢查馬車輪軸的連接處是否牢固的另一位年輕馬伕，西奧語氣冷淡地回應：

「什麼不舒服，是在裝病吧。」

雖然這麼回答，保羅望向城堡的表情卻不太好看。

一開始，保羅也認為比安卡是惡毒又可怕的女人，是因為自己長得醜而嫉妒漂亮的女僕，說話狠毒，眼裡充滿戾氣，總是把偉大的領主當作路邊雜草一樣的壞女人。

所以當時聽到比安卡要來巡視領地的消息，大家都很緊張，擔心會被她找碴或遭到痛罵。

但實際見到的比安卡與僕人們口中議論的截然不同。

大家當然早就知道比安卡年紀很小，但「知道」與「親眼見到」有很大的落差。

不過這也不代表她是個和善或害羞的少女，因為她渾身散發強烈的氣息，彷彿在說她天生就與僕人，甚至是比較沒出息的貴族們完全不同。

只是這和傳聞中，會用離譜的藉口折磨農奴的形象相去甚遠。帶著慵懶感的淡綠色瞳孔、高雅的舉止以及超脫現實的氣質，她看起來不像會有那種意思。

尤其說她因為長得醜而嫉妒女僕的謠言真的荒謬至極。雖然她不符合一般美女

CHAPTER ✢ 07.

的標準，沒有一頭金髮、豐腴的身材、宛如天空般湛藍的眼睛，卻是在領地裡工作的女人們無法相比的美貌。當然，眼前看到的並不代表一切就是了……

她總是站在稍遠的地方，比想像中安靜地看著大家工作，然後又悄悄離開，所以才更令人在意。如果她乾脆在大家面前展現出惡毒的一面，反而能痛快地罵她後忘掉。

或許她真如西奧所說生病了。蒼白的皮膚、纖細得讓人擔心她有沒有進食的手腕，看起來確實不健康。保羅莫名感到掛念，咂嘴一聲。

西奧沒察覺保羅的心思，專注在自己的工作上，有一句沒一句地說著四處聽來的關於比安卡的傳聞。

「聽說她身體不舒服，所以不離開城堡，卻找了很多女僕到城堡裡，不曉得在做什麼事。」

「夫人也會紡織嗎？」

「不是紡織……」

西奧含糊其辭。女僕們明明告訴過他在做什麼，但他對那種事是門外漢，聽過就忘了。

正當西奧努力喚起模糊不清的記憶時，另一位聽說過這件事的馬伕艾保利加入他們的對話。

「我也聽我老婆說過，但她也不是很清楚，只是幾個人聚在一起，安靜做事的樣子。」

「夫人本來就很難相處，大概只找了可以忍受她脾氣的女僕吧。」

「那應該選我老婆啊。」

「如果選你老婆，早就出大事了！」

保羅呵呵笑著，想起艾保利的妻子。艾保利的妻子是個聲音宏亮的廚房女強人，因為負責指揮廚房，強勢固執的她就算是面對領地的女主人比安卡，也不可能變得和藹可親，還會發脾氣頂撞她。就算艾保利的妻子可以忍受比安卡的個性，倘若比安卡受不了艾保利妻子的個性而發火，那就糟了吧。

不過，幸好她不是真的生病了。

保羅暗自鬆了一口氣，但他絲毫沒有意識到，自己究竟為什麼會感到放心，又是在擔心什麼。

CHAPTER ✣ 07.

＊＊＊

無論冬天多寒冷，季節終會更迭。即使整個冬天都因嚴寒而瑟瑟發抖，只要春天降臨，就會忘記刺骨寒意，只會有慵懶的溫暖陽光浸染全身。

比安卡很快就習慣了塞滿羽毛的寢具、果肉飽滿的成熟橄欖的滋味，也習慣了輕覆在肌膚上的柔軟絲綢，以及柴火不斷燃燒帶來的溫暖。

重生前在修道院挨餓的日子變得遙不可及，也想不起來粗糙又多處脫線的廉價布料的觸感，與石地板無異的床鋪、沒有任何配料的清湯味道更是早就忘得一乾二淨。

雖然肉體的痛苦能輕易遺忘，身體徹底習慣了現在的安穩生活，但只有一件事絕對不會忘記，那就是重生前受到的屈辱。

殘存於回憶裡的羞辱與心靈創傷，只會讓傷口刻得更深。

反覆咀嚼著不想再經歷一次的恐懼，比安卡發誓這輩子不能再像那樣度過，打算透過生下扎卡里的繼承人，鞏固自己在阿爾諾家的地位以及領地的所有權。

一開始因為扎卡里拒絕她而陷入困難，兩人的初夜仍沒有著落，但比安卡沒有放棄。

她甚至想過要用更露骨的方式誘惑扎卡里，但直截了當的幾次嘗試都接連失敗，看來需要尋找其他方案。

老實說，比安卡覺得自己之前太急躁了，問題究竟出在哪裡呢？

就在比安卡煩惱不已時，竟然從完全意想不到的地方得到了答案。

最近，比安卡找來一群女僕，教她們編織蕾絲，畢竟她一個人能製作的數量有限。

女僕們一開始都看著比安卡的臉色，緊閉著嘴，但隨著單調的手工作業進行下去，她們還是慢慢開始說話。她們發現比安卡擁有能接受大家聊天的雅量後，沒多久，就開始在編織的同時聊天。

『男人們真的好奇怪。嘴上說希望女生主動，結果真的露骨地表現出心意，又不熱情了。』

『就是說啊。上次肉鋪的班尼苦苦哀求我至少多看他一眼，結果我如他所願直盯著他，他又說這不是我認識的瑪莉，不停後退，搞什麼？』

『天啊，真是沒男子氣慨啊，哼。』

CHAPTER ✣ 07.

『有時候他們真的很膽小，所以只會接近安靜的女人，對主動靠近的女人退避三舍不是嗎？』

這時，比安卡恍然大悟。

一直以來，她都把他們夫妻之間的關係視為與欲望和愛情無關的貴族政治聯姻。

她以為只要告訴扎卡里自己已經做好懷上繼承人的準備，很清楚繼承人利益的扎卡里也會爽快答應，但這是天大的錯誤。

他們撇除政治盟友的關係，就是男人和女人。

當面提起繼承人與圓房等等，比安卡的行為簡單來說就是「讓扎卡里失去熱情」的行動。

那麼，男人們喜歡怎樣的女人呢？是欲拒還迎，讓人焦躁的女人？還是高傲地揚起下巴，不願看來一眼卻又暗送秋波的女人？

這一切都沒有明確答案，比安卡嘆了一口氣。

倒不如經常見面，就算相看兩厭還更有機會。但扎卡里十分忙碌，即使身在同一座城堡，也很難見到他，比安卡只能獨自苦惱。

時光就這樣飛逝，草原上的積雪消融，露出褐色的泥土地。在嫩芽冒出頭的某一天，扎卡里突然透過文森特請比安卡到庭園。

「伯爵大人找我……？為什麼突然找我？」

比安卡詫異地問，眼神中閃過不安。文森特用一如往常毫無波瀾的表情催促比安卡。

「您過去看看就知道了。」

文森特的嘴角微微抽動，像在刻意壓抑笑意。但比安卡滿腦子只想著扎卡里究竟為什麼會找她，沒有注意到他的表情。

雖然她已經下定決心了，但還是無法保持平常心去與扎卡里見面。比安卡忐忑地跟在文森特身後，前往庭園。

比安卡抵達庭園時，扎卡里朝她走來。

雖然扎卡里在這裡等著比安卡這件事就讓人意外，但更讓人驚訝的是他旁邊那令人移不開視線的「龐然大物」。扎卡里來到她面前說：

「這是答應要送妳的馬。」

站在扎卡里身邊的正是一匹馬。鬃毛與尾巴是白色的，擁有奶油色皮毛的巴洛

CHAPTER ✢ 07.

米諾馬！前額有白色鑽石般的紋路，腳像穿著白色襪子，十分漂亮。

雖然扎卡里緊緊拉著馬的轡繩，但牠看起來很乖，不抓著轡繩應該也會乖乖站著。牠眨動眼睫毛，靜靜望著比安卡。

一開始說想學騎馬時，比安卡只是覺得必須為未來學習一項技能，但真正看見這匹馬後，心中對騎馬的熱情竟一下子湧現。

沒錯，比安卡一眼就愛上了這匹馬。

比安卡謹慎地走向牠，伸出手放在馬背上。牠的短毛搔過她的掌心。

「真的好乖喔。長得也很漂亮……」

比安卡非常喜歡這匹馬，說話的聲音宛如和煦的春風。而扎卡里看向比安卡的眼神，也如同沐浴在春天陽光下的榛果一樣閃耀。

如果是平常的扎卡里，應該會因公務忙碌而讓文森特轉交這份禮物，但唯獨這匹馬，他想要親自交給比安卡。

扎卡里將轡繩遞給她，觀察著她的反應。

「妳覺得怎麼樣？這是我費心挑選的……」

扎卡里至今送過比安卡無數個禮物，但這匹小馬是他第一個親手交給對方的禮物。

他一直以來都只是想像比安卡收下禮物後會露出什麼表情，因此站在比安卡面前，讓扎卡里的心臟用力跳動。

比安卡接過扎卡里遞來的韁繩。兩人在那一刻相觸的體溫熱度從比安卡的指尖蔓延沸騰，彷彿碰到了火焰。比安卡認為這是因為自己太緊張了，這也無可厚非，因為這是她第一次收到活生生的贈禮啊！

比安卡白皙的雙頰像開始成熟的桃子一樣變紅。她綻放出宛如盛開的白梅花般清新的笑容，仰頭看著扎卡里。

「這匹馬太漂亮了，謝謝您，伯爵大人。」

放下所有高傲的自尊心與氣勢，比安卡露出歡喜的純粹笑容，讓周遭的每個人都十分驚訝，包括伊馮娜和加斯帕德。即使他們知道比安卡的內心很溫暖，但也沒預料到她會露出那樣的笑容。文森特當然嚇得張大了嘴。

扎卡里也驚訝地睜大雙眼，不發一語地注視著比安卡。他緊閉著嘴，嘴角僵硬地垂下，一雙漆黑的瞳孔目不轉睛地固定在比安卡身上。如果是不了解扎卡里的人，看到這表情就會誤以為是心情不好。

比安卡當然也這樣誤會了。

CHAPTER ✣ 07.

『對了，他不太喜歡我笑的樣子。』

比安卡尷尬地壓下嘴角，但因為收到禮物太高興了，很難控制表情，甚至出現「扎卡里不高興又怎樣，我很開心啊」的想法。再加上她太常看見扎卡里難以捉摸的表情，似乎因此有了免疫力。

儘管有了免疫力，想要看透扎卡里隱藏在表情下的真實想法還有很長的一段路要走。比安卡誤以為自己比想像中還了解扎卡里，哼著歌撫摸馬的脖子。

「要幫牠取什麼名字呢……」

「話說回來，妳最近一直都是那樣稱呼呢。」

「什麼？名字嗎？」

聽到扎卡里突如其來的這句話，比安卡歪著頭反問。

一聽到比安卡的疑問，扎卡里眉間的皺褶又多了一道。比安卡發現自己說錯話了。

她試著回想剛才與扎卡里的對話，但當時因為沉浸在收到馬的喜悅中，根本不記得自己說了什麼。

「……就是伯爵。」

「……？」

比安卡更摸不著頭緒了。

伯爵？他是伯爵，當然要稱呼為伯爵啊，不然要怎麼稱呼？自從扎卡里受封伯爵之位，比安卡就一直這樣稱呼他。比安卡感到困惑，睫毛在眼睛上方搧動，更緊握住韁繩。

眼見比安卡無法理解自己的意圖，扎卡里十分著焦，嘴脣乾燥，那樣子就像不好意思直說，想要勉強把話吞下去，嘴巴又蠢蠢欲動。

看到扎卡里似乎有什麼強烈的期望，比安卡安靜地等待他開口。

扎卡里小聲說道，只讓近在身旁的比安卡聽到。

「在那之後，妳都沒有叫過我老公。」

「……什麼？」

「……」

聽到意料之外的話，比安卡不確定自己是不是聽錯了，呆愣地反問。

扎卡里再次緊緊閉上嘴，似乎對自己要求她這樣稱呼感到難為情，從冷峻的臉龐到耳朵都是紅的。

CHAPTER ✢ 07.

比安卡這時才確定自己聽得沒錯。

『對了，我之前叫過他老公。沒錯，是在他說要帶我去首都的時候。』

但自從那時扎卡里看見比安卡的笑容，就逃也似的離開房間，比安卡就不知不覺地不再在他面前露出笑容，更不敢隨意叫他老公。畢竟第一次嘗試換來了這種慘痛的結果，之後當然再也不敢輕易鼓起勇氣。

『那時候你就像看到怪物一樣逃跑了，為什麼現在又希望我這樣稱呼？』

但既然扎卡里主動向比安卡伸出了手，比安卡當然會欣然接受這份善意。既然他希望自己叫他「老公」，就表示他至少有確實把自己當作「妻子」看待。

如果是先前的比安卡，應該會趁這個機會更積極地誘惑扎卡里，但幾天前女僕們說的話讓她裹足不前。

『要高傲一點、欲拒還迎，讓人心急……』

比安卡咀嚼著這句話，輕輕將指尖抵上扎卡里的胸膛。他寬大又沉重的身體在比安卡的指尖下，像羽毛一樣被推開。剛才布滿整張臉的燦爛笑容，只剩下掛在嘴角與眼尾的笑意。比安卡用有如耳語般的音量，發音清晰而緩慢地說：

「我們雖然是夫妻，但還沒有行夫妻之實，現在就這樣稱呼不會太早了嗎？」

比安卡曾親近過扎卡里，但失敗了好幾次而嘗到苦果，這句話裡也稍微包含著她的真心話。其實比安卡的自尊心這麼高，每次都被丈夫拒絕，她也不可能高興。

比安卡的手指輕輕從扎卡里的胸前移開，被推開的扎卡里愣在原地，無法靠近她。扎卡里緊抿著雙唇，用有些焦躁的眼神望向比安卡，卻不再有任何動作。

即使是戰無不勝的鐵血戰神扎卡里伯爵，沖天的傲氣在妻子面前也消失無蹤。他慢慢轉頭別開視線，呢喃似地說：

「……我不是在強迫妳。」

扎卡里的側臉看起來像因為被拒絕而十分難為情，連比安卡看到也覺得尷尬。

比安卡對這種事沒有免疫力，看著扎卡里的這副模樣，頓時陷入不安，心想是不是應該叫一聲老公？他鼓起勇氣釋出善意，自己是不是太冷酷無情了？

總之，她搞不懂扎卡里的想法。他想聽見自己稱他為老公，卻始終拒絕和自己生下繼承人究竟有什麼原因？

比安卡苦惱時，扎卡里的神色也迅速恢復平靜，變回木訥的表情。比安卡意識到自己錯失了時機，緊抿起微微張開的嘴，猶豫著要不要叫他一聲老公。

CHAPTER ✣ 07.

不過這樣想想，自己變得更會分辨扎卡里的表情了。

『我也能察覺到他的表情變了。雖然還沒辦法知道想法，但這樣子……對，或許算是進步了。』

比安卡如此誇讚自己。萬一扎卡里或其他人知道她的這些想法，一定會驚訝地跳起來，煩悶地敲打胸口。不過沒有任何人知道她在想什麼。

用深沉的沉默蓋過所有想說的話後，扎卡里咂嘴一聲，又說：

「今天還有點涼，過兩天再學騎馬吧。我來教妳。」

「您要親自教我嗎？」

「……妳不願意嗎？」

迎上扎卡里深邃的目光，比安卡心裡明白，現在不能說不願意。其實她也沒有拒絕的意思，這可是個大好機會。比安卡急忙解釋。

「不，我不是不願意……因為您很忙，今天能親自將馬交到我手上就很感激了。」

「所以我才要教妳。」

「什麼？」

「這段時間，我好像錯過了很多事。」

比安卡歪著頭，就像剛才扎卡里突然提起稱呼的話題時一樣。他說話總是十分不親切，都只有他自己能理解，而比安卡聽得一頭霧水。

不管扎卡里改變心意的理由是什麼，可以經常和他見面是件好事。恰好比安卡正在獨自苦惱該怎麼做才能經常見到她。

比安卡決定要好好利用這個自己送上門的機會，裝作什麼都不知道，乖巧地瞇起眼笑著。

「好啊，真令人期待。我會在那之前替馬取好名字的。」

看著比安卡單純開心的模樣，扎卡里也回應似的看著她笑。銳利的眼睛瞇細彎起，銀灰色的睫毛如新月一般，蓋在黝黑的瞳孔上方。

雖說是笑，以前扎卡里總是只扯動嘴角輕笑，或是露出諷刺般的笑，這次看到這一反常態的笑容，讓比安卡的心臟瞬間怦怦直跳。

比安卡不知道自己為什麼有這種感覺，安慰自己一定是因為沒看過扎卡里的這副模樣，感到驚訝罷了。

如同阿爾諾領地迎來春日，兩人之間冰凍三尺，毫無變化的關係也開始傳出

CHAPTER ✢ 07.

春日來臨的聲音。宛如冒出新芽，在山峰綻放的花朵般幽靜且隱密。

然而這樣的變化過於自然，因此比安卡沒察覺到有什麼改變了。

＊　＊　＊

當扎卡里和比安卡沉浸在兩人世界，你一言我一語時，聽著他們對話的文森特想掏掏自己的耳朵，懷疑自己剛才是不是聽錯了。

聽起來就像「那位」伯爵夫人，曾向伯爵大人提出行夫妻祕事的意思啊！而且她似乎曾經叫過「老公」，伯爵夫妻之間肯定在他這個管家沒發現的時候有過不少互動。

文森特暫時拋開伯爵夫人是不是吃錯了什麼的擔憂，現在的重點不是這個。文森特匆匆完成該辦的事後，去找扎卡里。

文森特去找扎卡里時，碰巧正在開會。除了加斯帕德之外，羅貝爾和索沃爾正向扎卡里報告領地的內務。

文森特猶豫了一下，考慮到領主的威嚴，有關扎卡里的私事，他通常會等其他人不在場才提起，但現在不是考慮這些的時候。

當所有人的視線都集中在突然進門的文森特身上時，他快步走向扎卡里，少見地紅著臉，高聲說：

「伯爵大人，您是從什麼時候開始與夫人討論繼承人一事的？」

扎卡里與比安卡只是在談論夫妻關係，但文森特認為貴族間的關係都與繼承人有關連，因此他的思考方向自然也會扯上繼承人。

而且說實話，扎卡里和比安卡之間有愛情或是其他關係嗎？

扎卡里不悅地皺起眉頭問：

「……一定要談這件事嗎？」

「當然！如果我知道兩位討論過這件事了，我就會對夫人更……」

「對夫人更？」

扎卡里反問的語氣咄咄逼人。因為激動而不小心失言的文森特這時才緊閉上嘴，作為管家，他不應該有如此草率的行為，因此無法辯駁。

就在文森特自責時，扎卡里用如利刃一般銳利的眼神看向他。

「不管有沒有繼承人，她都是阿爾諾的女主人，無論她是什麼態度，這都是不變的事實，所以你對她的態度也不應該有所不同吧？」

「……是我失言了。」

扎卡里的聲音不大，但帶著不容忽視的威嚴。

文森特深深鞠躬，為自己的失誤賠罪。可是他不能只顧著為說錯話道歉，還有比這更重要的事，因此文森特看著扎卡里的臉色，小心翼翼地開口：

「……伯爵大人。我聽說夫人想生下繼承人，但伯爵大人似乎拒絕了……是我的猜測太草率了嗎？」

「事實是這樣沒錯。」

「不是，您究竟為什麼要拒絕呢？」

才自責沒多久，文森特的聲音激動地高亢起來。

看著文森特一反常態地大驚小怪，羅貝爾和索沃爾吞下口水，緊閉著嘴安靜地聽文森特和扎卡里對話。

所有人的注意力都集中在扎卡里即將說出口的答案。

扎卡里像在問理所當然的事一樣，輕鬆地回答：

「她不是才十六歲嗎？」

扎卡里像在說「太陽從東邊升起」這種無需多言的道理，讓文森特驚訝得張大嘴巴。

比安卡的年紀確實還不成熟，但也到了可以生下繼承人的年紀。

管理隔壁領地的魯道夫子爵與年僅十五歲的繼室也生下孩子了，他到底要等到什麼時候？

文森特催促扎卡里。

「冬天已經過去，新的一年開始了。夫人也十七歲了，絕對不是生不了孩子的年紀！」

「至少要等到十八歲才行。」

扎卡里就跟老頑固沒兩樣。文森特像胸口被堵住一樣鬱悶，即使知道是不合禮數的行為，還是想捶自己的胸口。

過了新年，不是只有比安卡變成十七歲，扎卡里也三十歲了。最該著急的人其實應該是扎卡里，他到底在擔心誰啊？

今年剛好是兩人結婚第十年，文森特覺得今年一定要得到一個結果。假如比安卡沒有這個意思就算了，但夫人明明也想要懷上孩子啊！

CHAPTER ✢ 07.

雖然比安卡沒有對文森特說過，但在文森特的腦袋裡已經認為是比安卡公開表態過想生下繼承人了。幸好文森特的想法與事實相去不遠。

文森特對比安卡一直沒有好臉色，但從今年冬天開始，她就像變了一個人，完全變了。

當她說要巡視領地時，文森特沒有想太多，也沒有放在心上，現在仔細想想，從那時候就有預兆了。

『我的年紀已經夠大了，應該要逐步學習身為阿爾諾家的女主人該做的事了。』

夫人真的做好成為伯爵夫人的心理準備了！一開始她有巡視領地，沒幾天就放棄了，讓文森特十分不滿。但這次是文森特看走眼了。看來比安卡不再去巡視領地只是因為健康因素，畢竟她本來就很柔弱。

沒錯。為了懷上繼承人，必須更細心照顧夫人的健康。有多少女人都因生孩子而去世啊！文森特的誤會就這樣加深了。

那個叫蕾絲的東西也是劃時代的產物。文森特對比安卡的態度會馬上產生轉變，有一部分功勞是因為蕾絲的價值。他從沒想過比安卡有這樣的能力，因此大為震撼。

比安卡會裝模作樣地去巡查領地，是想表示自己也能勝任伯爵夫人的角色，所以不要再把她當成小孩了，藉此催促扎卡里。

不過，條條大路通羅馬。

雖然扎卡里還是不為所動，把比安卡當小孩子看，但她得到了文森特這位幫手，對比安卡來說是不錯的收穫。

比安卡作夢也沒想到，文森特會如此積極地在扎卡里背後推波助瀾。

如果比安卡知道這件事，應該會大大讚揚他。但不知道是幸還是不幸，比安卡不在現場。

就在扎卡里與文森特爭執不下的時候，原本在一旁靜靜聽著的索沃爾輕聲插話：

「您先別這麼說，慢慢找機會同房怎麼樣？」

「……」

索沃爾一站到文森特陣線，房裡的氣氛變得悲喜交加。

扎卡里因為不悅而用力挑起的眉毛，眼神像在說著「索沃爾，連你也這樣？」，流露出背叛感。

但對索貝爾來說，這是再正常不過的提議。

其實索沃爾也和文森特一樣鬱悶。當初扎卡里說要帶比安卡去首都的時候，索沃爾還以為扎卡里是為了生下繼承人，想討比安卡歡心，沒想到那是他輕率的臆測。

索沃爾長久以來都很讚賞主君的英明，如今看到扎卡里表現得像個笨蛋，讓他感到非常鬱悶。他是真的擔心扎卡里，於是高聲說：

「您得蓋上『這是我的女人』的印章，再帶夫人出門啊。夫人這麼漂亮，誰知道去首都後會引來什麼蒼蠅。」

「索沃爾，你太輕浮了。」

「不是，首都裡有油嘴滑舌，舌頭跟抹了蜜一樣的吟遊詩人，還有很多了不起的男人不是嗎？伯爵大人確定那些傢伙不會看上夫人嗎？老實說，夫人看起來沒有很喜歡伯爵大人，您卻連同房都不願意，這是哪來的自信？」

「……」

索沃爾接連不斷說出根本就是暴力的沉重事實，讓扎卡里面色如土。但他說得一點也沒錯。

扎卡里低吟了一聲，緊閉上雙眼。但他緊抿的嘴角和堅定的眼神毫不動搖，像在表明自己不會改變心意。

索沃爾和文森特更焦急了。尤其是聽到扎卡里拒絕了比安卡，索沃爾甚至感到頭痛。那位傲慢的夫人都親自提起繼承人的事了，他竟然一口回絕？

比安卡沒有甩扎卡里一巴掌真是萬幸。不，說不定在他們不知情的時候已經發生過了。如果是他認識的比安卡，會做出這種事很正常。

最近他和比安卡變得很親近，對她產生了好感，但那只是出於單純的好奇心罷了。他不打算為比安卡過去的行為辯解，也不想理解她，認為她是個可憐的孩子。

但現在這一刻，索沃爾第一次對比安卡感到同情。

相較於比安卡的積極主動，扎卡里模稜兩可的態度更令人焦急。明明現在不是拖拖拉拉的時候，應該蓋印章宣示主權才對。

看到伯爵大人就像個傻子，以為只要在結婚證書上蓋章就沒事了，索沃爾為了推他一把，勸諫似的續道：

CHAPTER ✢ 07.

「而且就算同床共枕，也不是一次就會懷孕啊？我不是希望夫人立刻懷上孩子，只是希望您們先同房。」

「……」

「夫人今年十七歲，反正十八歲的時候就必須同房不是嗎？提早一年也不會有誰反對，畢竟你們都結婚十年了。」

「……以她的年紀來說，一年很漫長。」

「天啊，真傷腦筋。」

看到扎卡里無動於衷，索沃爾拍著胸口扶額，文森特的臉色也很難看。即使盡全力說服也完全沒用的絕望感，讓兩人都搖了搖頭，像在表示真的無計可施了。

索沃爾和文森特為了將扎卡里推入比安卡的寢室，說得口沫橫飛，但羅貝爾茫然地看著他們，不知道該說什麼，不停張開嘴巴又閉上。

現在的索沃爾跟文森特不像自己認識的人，讓他十分驚慌。

索沃爾親近比安卡時，羅貝爾只覺得索沃爾瘋了。但就連領地裡最堅定的理性，被稱為最後一道防線、最終堡壘的文森特似乎也對比安卡有好感，讓他相信至今的事開始產生動搖，彷彿只有自己不懂得察言觀色。

以前大家都同仇敵愾地說夫人無藥可救了，感到厭惡……但如今只有羅貝爾依然認為比安卡是自私又以自我為中心的夫人，有一種被孤立的感覺。

更別提扎卡里雖然說還不能與比安卡圓房，但看起來也不討厭她。

羅貝爾就像裝著大麥的袋子，靜靜坐在角落不發一語，而索沃爾與文森特燃著阿爾諾家需要繼承人的信念，再次試著說服扎卡里。

但最後仍無法改變扎卡里的固執，那一天就毫無意義地結束了。

＊　＊　＊

寒冷的冬天極為漫長，溫暖的春天卻如微風，轉眼就從人們的臉頰掠過消逝。不知不覺間已迎來春天一個月，扎卡里和比安卡出發前往首都的時間也近在眼前。

按理說，原本應該是國王帶著數千名侍從和騎士巡視全國，而不是他們這些家臣前往首都。國王通常會透過這樣的巡視展現自己的威嚴，確認領主們的忠誠。

然而，如今的國王年事已高，身體狀況無法承受顛簸的路程，便以阿貝爾王

CHAPTER ✢ 07.

世孫訂婚為藉口，將邊境藩侯以外的領主們請來首都。

領主們毫不猶豫地前往首都，不只是因為對國王的忠心。隨著國王衰老，每個人都十分關注究竟誰會成為王位繼承人。這件事攸關他們的未來，必須仔細地觀察權力天秤的任何一點傾斜。

正統的繼承人自然是大王子高堤耶，但二王子雅各布也不容小覷。高堤耶王子的個性比較溫和穩健，反觀雅各布則毫不掩飾自己為了得到想要的東西不擇手段的貪婪。

如果是太平盛世，不管是希望保持和平的人，還是想控制懦弱國王、操弄權力的人，應該都會擁護高堤耶王子，但在如今戰亂的時代另當別論。已經選邊站的領主們為了替自己選擇的王子聲援而湧入首都，尚未決定陣營的領主們也來一探究竟，確認哪一位王子更有希望成為國王。

阿爾諾伯爵家的馬車也準備加入這些領主的行列。

行李不斷從主城裡搬出來，僕人們在文森特的指揮下將行李搬上馬車。騎士們檢查著自己的武器與馬匹，也有些人在與即將久別的家人道別。

行李最多的人當然是比安卡。光是她要在首都穿的禮服就有幾十套，還有搭配的首飾配件和她要用的蠟燭等等，接連搬出了幾十個箱子。

不過這已經是減少許多東西的結果了，因為扎卡里說如果有想要或需要的東西會在首都買給她。

比安卡極盡奢侈的行李讓僕人們瞠目結舌。每一個箱子裡都裝有貴重物品，因此伊馮娜睜大眼睛監視僕人們，注意他們有沒有摔落箱子。

與比安卡數量可觀的行李相比，扎卡里身為領主，行李只有五箱。而且大部分都不是衣服，而是武器、書籍以及要進獻給國王的物品。從以前就在戰場上打滾的扎卡里，早已習慣精簡行李了。

話雖如此，要滯留在首都將近半年，只有五箱行李也太少了。本來文森特為扎卡里準備的行李有八箱，會縮減到這些完全是因為比安卡。

為什麼扎卡里的行李要縮減呢？起因是為了搬送比安卡行李的文森特來到房裡，看到那堆得像山一樣的行李後，面露難色。

「您打算將整個城堡搬過去嗎？」

「我只帶了需要的東西。你希望我去首都後遭到眾人嘲笑嗎？」

「伯爵大人也只帶了八個箱子，夫人的行李太多了。您可以縮減到十個箱子以

CHAPTER✢07.

內嗎？」

「十個？別說那種離譜的話。伯爵大人的行李只有八箱才奇怪吧？到底帶了什麼？」

「大人只帶了必要的東西。」

「讓我看看。」

文森特看到比安卡說完後突然起身，十分意外。

如果是以前的比安卡，應該不會管扎卡里的行李有多少，都堅持自己的行李數量不能縮減。但她現在還會在意扎卡里的行李，看來是真的變了。

或許是抱持著她可能改變了的期待，文森特開始驚嘆於她的每一個小動作。可能也是因為文森特原本對比安卡沒有抱太大的期待。

文森特默默地帶比安卡來到放著扎卡里行李箱的地方。

比安卡雙手環胸，低頭看著裝有扎卡里行李的箱子，用碧綠色的眼睛示意把箱子打開。

在文森特的指示下，僕人掀開箱蓋。蓋子伴隨著沉重的聲響打開，比安卡同時皺起了眉。

「……這是什麼？」

「……伯爵大人的衣服……」

「……打開下一個看看。」

比安卡皺起眉，指向旁邊的箱子說。文森特不明白比安卡為什麼突然如此嚴肅，觀察著她的臉色並看向僕人。僕人打開旁邊的箱子。

然而，比安卡的臉色越來越難看。她緊皺著眉，彷彿再也看不下去似的皺眉搖搖頭，之後再次望進箱子裡，又嘆了口氣。

過了好一會兒，她突然瞪著文森特，用銳利的語氣問：

「管家。」

「是，夫人。」

「你老實說。」

「好的，夫人。」

「我們很窮嗎？」

「是……什麼？」

聽到比安卡嚴肅地提問，要自己如實回答，文森特緊張地等著她接下來的話，

CHAPTER ✣ 07.

卻因為出乎意料的荒謬發言而語無倫次。他不知道究竟是什麼讓她有這種感覺。

比安卡表情無比認真地望來，文森特在她的目光下絞盡腦汁，想要弄清楚她話中的用意，但不管怎麼想都找不到答案。

文森特語塞時，比安卡無奈似的追問：

「你上次明明對我說過可以儘管使用蠟燭，但那其實是從拮据的生活用度中硬擠出來的嗎？」

「不、不是的，您為什麼會這樣想……」

「那伯爵大人的衣服是怎麼回事？」

比安卡纖細漂亮的手指，指著整齊疊在箱子裡的扎卡里的衣服。

比安卡看到扎卡里的服裝，不敢相信這個事實。平常因為扎卡里的健壯體格與充滿威嚴的氣場而沒有察覺，但單獨一看，才發現他的衣服寒酸至極。

看不出來是什麼年代的過時款式，皮草也是次級品，連刺繡都是單調過時的圖案。

就算在戰場上可以穿這種衣服，但他們現在要去的地方可是首都啊。

不僅是所有貴族齊聚一堂的社交場合，扎卡里即使被譽為戰爭英雄，如果穿這種劣質的衣服出現恐怕只會招來嘲笑，還會連累比安卡。

她光是想像就不寒而慄，渾身顫了一下。但文森特還是完全沒發現問題在哪裡，只歪著頭。

「這些都是很適合伯爵大人的……」

比安卡判斷不需要再聽文森特的話，直接指著箱子裡的破爛衣服說：

「那件和那件衣服、那雙靴子、外套還有那個腰帶！全部拿出來。」

「夫、夫人。」

「如果和穿著那種衣服的伯爵大人一起出現，我也會受到嘲笑吧？我不能接受這種事，還不如去首都訂製新衣服。」

其實「破爛」這個詞是以比安卡的角度來看，多少有點扭曲的說法。

因為那些衣服相當正常端莊，只是沒那麼華麗，不富裕的男爵與子爵們也會穿與扎卡里相似的服裝。

高級皮草大衣、光滑的絲綢、採用金絲的精緻刺繡，這些都因作工繁複而價格昂貴。對邊境的貧困貴族而言，與其每次都重新訂製一套那樣的衣服，不如再投資購買一匹新馬，會是更明智的選擇。

CHAPTER ✢ 07.

但扎卡里身為伯爵，也是聲勢高漲的新銳貴族，他的妻子比安卡還是名門布蘭克福特家的女兒，怎麼可能會讓他穿著和貧窮貴族一樣的服裝前往首都。

此刻比安卡宛如站在前線的騎士，從她身上能感覺到寸步不讓的覺悟。

靜靜聽著比安卡的話，文森特也認為比安卡說得有道理。

一直以來都是文森特負責替比安卡購買各種奢侈品，眼光也逐漸被提高。但那只是為了迎合比安卡，被迫培養出來的品味，文森特並非一開始就具備有品味的眼光。

尤其是扎卡里對服裝不怎麼在意，也沒興趣，文森特都準備「隨興」、「合理」、「實用」的款式，因此依然缺乏對男性服裝的品味。

文森特是在節省開支方面很有能力的手下，比安卡卻是天生奢侈的主人。確實是比安卡比較適合負責這份工作。

果然任何事情都是熟能生巧，連奢侈也是有經驗的人做得更好。包括蕾絲事業在內，最近文森特每次意識到比安卡對領地大有貢獻，他都會十分驚訝。

文森特順從地點了點頭，示意僕人依照夫人的要求去做。

反正到了首都，夫人應該會盡情添置服裝，到時候再加上幾套伯爵大人的衣服，預算也不會有太大的變動。

結果就是縮減成了五箱。雖然比安卡其實想把所有箱子清空，但在抵達首都訂製衣服前也必須有衣服穿，因此她挑挑揀揀，勉強留下還算像樣的幾件衣服。

比安卡將那些破爛衣服掏出來，皺著眉扶額。

照這情況看來，就算到了首都，她也得留意扎卡里的儀容一陣子才行。

在領地，扎卡里身為領主，穿什麼都無所謂，不會影響到她的評價或名譽，但在首都不一樣。

首都是國王的領土，所有人都是賓客，同時也是打量彼此價值的社交場合。

扎卡里的背後有強大的軍隊、領土，以及可靠的外戚家族當靠山，客觀來看是不可隨意輕忽他的條件，但庸俗的人類會以外表來評斷對方。更何況貴族們是擁有權威，充滿特權意識的群體。當然，比安卡也是如此。

比安卡都這麼想了，她能輕易想像到首都的貴族們會怎麼想。

雖然她不曉得，但以前扎卡里獨自去首都的時候，或許也曾因為這樣的穿著，遭人在背後說了不少閒話。

既然她要一起去，就不能讓他遭受這種待遇。扎卡里可是比安卡的丈夫，而且

CHAPTER ✢ 07.

扎卡里的身材挺拔，長相也清爽帥氣，只要訂製幾套像樣的衣服，暫時就能應付過去了。

如果沒有一一檢查扎卡里的服裝，她一時也很難發現他的服裝有問題。比安卡放心地嘆一口氣，真的幸好在抵達首都前就發現了。

＊＊＊

行李差不多都搬上馬車，也到了要出發的時刻。伊馮娜確定比安卡的行李一件不漏地都搬上車後，為了整理比安卡的隨身物品以及今天的服裝，走向比安卡的房間。

雖然是春天，但還殘留著冬日的寒意。身體柔弱的比安卡十分怕冷，所以馬車內必須特別準備保暖的毛毯以及靠枕。

伊馮娜一回到房內，比安卡便迎了上來。

「行李都搬好了嗎？」

「是，我已經確認過，行李都搬上馬車了。聽說生薑對暈車很有效，我也帶了薑糖片以防萬一。」

「不，我是說妳的行李。」

比安卡聽似規勸的語氣讓伊馮娜紅了臉。伊馮娜還不習慣比安卡對自己的關心，每次遇到這情況都覺得心裡一角悸動不已。

伊馮娜的行李很少，沒什麼好準備的，就是幾件衣服、珍視的髮帶而已，只需一個包袱就能裝完了。

伊馮娜瞥了一眼早已收拾好，放在比安卡房間一角的包袱並回答：

「我沒有什麼東西……都整理好了。」

「有需要什麼就直接告訴我。侍女的儀容也關乎我的面子，尤其首都更是如此。妳知道這是什麼意思吧？」

「是，夫人。」

伊馮娜也很清楚貴族夫人之間的明爭暗鬥，有些人甚至會為了炫耀而特地僱用貌美的侍從。

但跟在貴夫人們身邊，連服裝禮儀都被顧慮到的侍女通常是奶媽的女兒，與夫人一起度過長久時光，有如共享奶水長大的關係。

CHAPTER ✣ 07.

比起比安卡在乎自己的穿著這件事，讓伊馮娜十分高興的是比安卡的話就像在明確地告訴她，她對自己來說就是那麼重要的人。

伊馮娜珍視的髮帶是用比安卡裁製衣服剩餘的碎布做成的。許多貴夫人都不願意與女僕共享同一塊布料，照慣例即使有餘布，也禁止女僕們使用，女僕們也不敢覬覦剩下的布料。

然而，比安卡爽快地允許伊馮娜將拿剩餘布料製成需要的東西。

伊馮娜得到的布塊只足以製成衣服袖子，或者放到裙面下當作內襯，但將染上鮮豔華麗色彩的珍貴布料襯在單調的灰色粗布下只會變成十分可笑。

因此伊馮娜利用比安卡給的餘布剪成長條狀，製成好幾條髮帶，分給和她住在一起的女僕們。

她已經有比安卡送的灰色松鼠皮草了，如果其他女僕對比安卡抱有好感，服侍比安卡時會更幸福。而室友們都一如伊馮娜的預想十分高興，齊聲稱讚夫人是寬容大方的人。

比安卡像這樣為伊馮娜著想的時候，她都不後悔當時做的決定。伊馮娜迅速用指尖抹去湧上的淚水，立刻拿起比安卡的外套。

就在伊馮娜服侍著比安卡，在出發前最後一次整理儀容時，一群女僕來到比安卡房間。

「夫人，您找我們嗎？」

「啊，對。過來這邊。」

比安卡靜靜站著，讓伊馮娜幫她繫上外套的蝴蝶結，對女僕們招手。披著以銀絲刺繡的白色外套，比安卡的模樣宛如湖中精靈。

看到她比平常更顯高貴的模樣，女僕們都低頭站在比安卡面前。

被比安卡叫來的女僕們，正是由比安卡親自教授蕾絲製作方式的人們。

比安卡讓文森特找來的這些女僕，去年冬天都在比安卡的手下學習編織蕾絲。當時看到比安卡轉身就跑的黑髮女僕——蜜雪兒也在其中。

她們一開始是因為文森特的命令，不得不聚在一起，但見到比安卡編織的蕾絲後，紛紛燃起了鬥志。那如雪一般純白，如花一般迷人，有如珠寶配飾般華麗的蕾絲，簡直就是女人們的夢想。

女僕們對懷有如此了不起技術的比安卡感到敬佩。以前她是只會揮霍金錢的夫人，現在則是興趣高雅、見多識廣的夫人。

CHAPTER ✣ 07.

當比安卡表示要教她們編織蕾絲時，她們都嚇了一大跳，不敢相信她會爽快地把如此珍貴的技術傳授給大家。畢竟就算是要付錢學習這個技術，大家也會心甘情願把錢掏出來。

只要學會製作這個叫「蕾絲」的技術，就等於學會了一輩子不愁吃穿的才能，女僕們當然高舉雙手歡迎，一改猶豫不決的心態，所有人的眼中都閃著熱情的光芒。

女僕們變得很友善，輕鬆打好了蕾絲生意的基礎。她們真心誠意地認真學習編織蕾絲的技術，比安卡因此可以帶著許多蕾絲手帕，前往首都。等比安卡從首都帶回訂購名單時，應該已經做好足夠的庫存了。

雖然比安卡知道製作蕾絲的方法，但她一個人肯定無法消化全部的需求量，比安卡自己也是沒辦法長時間專注於刺繡或編織類工作的人。完成一件作品之後，會好幾個月都無法再碰繡框，所以要有效利用有能力的人才對。

雖然女僕們可能會把技術外流是個問題，但她們本來就是被限制在領地內的農奴，文森特也對此進行嚴格的管理，暫時不成問題。

反正這項技術大約會在十五年內在其他地方被發現，所以比安卡認為就算只是現在利用蕾絲累積資金，作為政治籌碼也有足夠的價值。

而且好心好好培養她們也不錯。比安卡將預先放在一旁的羊皮紙遞給這群女僕的領頭人物。

「我還來不及教妳們最後一個圖樣就要去王城了。這是範本，妳們自己研究看看吧。」

「夫人，沒有您的指導，我們辦得到嗎……？」

女僕們不安地左顧右盼。比安卡輕笑一聲，她知道女僕們只是在看自己的臉色才說這樣的話。

「我相信妳們的實力。妳們比我還厲害，一定很快就會知道該怎麼做的。」

「我們怎麼可能比夫人厲害，這是不可能的。如果沒有夫人的教導，我們可能根本想不到蕾絲這種東西。」

聽著女僕們滿懷敬意的回答，比安卡暗自嘲笑自己，並不是因為她厲害而創造出了蕾絲，但她沒辦法坦承。比安卡清了清喉嚨，若無其事地繼續說：

「就是因為我相信妳們才讓妳們做的，不需要這麼謙虛。只要完成最後的圖樣，應該都熟悉了各種圖樣，在那之後就各自試著製作出新的圖案吧。對於做出最

CHAPTER ✢ 07.

美花紋和商品的人，我會給予豐厚的獎賞。絲線和布料我已經吩咐文森特準備了，需要什麼都去跟他拿吧。」

聽到豐厚的獎賞這句話，女僕們的眼睛都亮了起來。

比安卡雖然嚴格，但賞賜的時候也不小氣。

她毫無理由就將灰松鼠皮草送給她的侍女伊馮娜是在女僕之間很有名的事蹟，既然她說是豐厚的獎勵，就一定是非常可觀的賞賜。

「請相信我們，夫人。我們會盡力做到最好，不辜負您的期望。」

「希望我的期待值得。」

「您放心。」

女僕們表情激動地對比安卡說自己會努力，一再下定決心。她們走出比安卡房間後，互相誇口說自己一定會得到獎賞，吱吱喳喳地笑著。能磨練技術，又可以製作美麗的作品，表現好還有獎賞，真是太完美了。

女僕們離開後，比安卡依然無法休息，因為有個人立刻與女僕們錯身走進她房間。是來接比安卡的索沃爾。

「夫人，該下樓了。」

「好。」

比安卡點點頭。將蕾絲圖樣交給女僕後，比安卡在城裡該做的事都完成了，這次真的該啟程了。

伊馮娜拿著自己的行李跟在比安卡身後，索沃爾則立刻跟上比安卡的腳步。

索沃爾小聲地問出好奇的事。

「對了，剛才離開的女僕們看起來都很開心，您跟她們說了什麼？」

「沒什麼。應該是暫時不會看到我，所以很開心吧。」

「……這是在開玩笑吧？」

「你聽得出來啊，索沃爾爵士。」

比安卡冷淡地回答，淡然的表情也沒有變化。索沃爾難以從比安卡的反應看出哪一部分是在開玩笑，粗魯地抱住自己的雙臂並搓了搓，大聲嚷嚷。

「這一點也不有趣，而且夫人講這種話，聽起來很像真的啊！」

如果是別人就算了，比安卡開這種自嘲的玩笑更可怕，因為很難聽出哪部分是玩笑、哪部分是真的，很難配合，而且即使知道是玩笑話，也不知道該怎麼回應。

CHAPTER ✣ 07.

畢竟她是個難相處的夫人。索沃爾在心裡吐舌。

換作一般人，此時應該會馬上閉上嘴，觀察對方的反應，但索沃爾不放棄，再次厚著臉皮向比安卡說：

「話說回來，夫人不問問為什麼是我來找您，而不是加斯帕德爵士嗎？」

「應該是因為你沒事做吧。」

「您真過分。」

索沃爾誇張地說道。要回應這種類型的玩笑是輕而易舉，總比一支尖銳的箭往這裡射來好。不過問題是比安卡這次不是在開玩笑，而是真心話。

無論是真心還是開玩笑，索沃爾都不在意，因為那都不重要。他為了大義露出狡猾的笑容，討好似的對比安卡說：

「其實，我有一件事想得到夫人的許可。」

「什麼事？」

「我聽管家說，夫人您不喜歡伯爵大人的衣服……」

「沒錯。」

比安卡點點頭，這是近來少數讓她感到欣慰的事之一。不過他怎麼會突然提起這件事？比安卡不明白索沃爾為什麼會對這件事感興趣，疑惑地歪著頭。

索沃爾像在輕聲哄著比安卡，為了不冒犯她，小心翼翼地說：

「您想讓大人只在領地穿那些衣服嗎？」

「不，我想趁這次機會去首都訂製新的。」

「那麼，那些衣服要丟掉嗎？」

「這個嘛，文森特自己會想辦法處理吧。」

就是現在。剛才一直很溫和的索沃爾態度突然轉變，舉起手興奮地跳著。

「那麼我！我！」

「嗯？」

比安卡被索沃爾浮躁的舉動嚇得往後退。比她高出一個頭、身材高壯的騎士舉著手蹦跳，對她來說是龐大的威脅。

比安卡有些害怕又不耐煩地仰頭看著索沃爾。這時索沃爾才發現自己做了什麼，大聲咳了一下並悄悄放下手。他看著比安卡的臉色，小心翼翼地問：

「我可以拿走那些衣服嗎？」

「……我無所謂。但你應該要得到伯爵大人或管家的允許……」

CHAPTER ✣ 07.

「伯爵大人不在意這些事，管家說這是夫人的管轄範圍，叫我來獲得您的准許。反正和伯爵大人體型差不多的人只有我或羅貝爾吧？加斯帕德太高，文森特又太瘦了，所以我搶在羅貝爾之前先來找您。」

索沃爾滔滔不絕地說明自己得接收扎卡里「廢棄」衣服的正當理由。

比安卡想了一會兒「羅貝爾是誰」，很快就想起那是特別對自己有敵意的扎卡里副將。

比安卡的嘴角揚起一抹冷笑。如果索沃爾口中的羅貝爾是她知道的那個人，那他絕對不會以接收衣服為由靠近自己。

她原本就不打算讓扎卡里再穿那些衣服，可能只會就這樣靜靜放到爛掉吧。既然索沃爾想要，讓他拿走也是不錯的選擇。比安卡爽快地點頭。

「嗯，如果你想要就拿去吧。」

「太好了！」

索沃爾握緊拳頭，又蹦又跳，甚至開心到忘記自己的舉動曾讓比安卡感到威脅。

慢一拍才回神的索沃爾像隻被打屁股的小狗，乖乖地夾著尾巴，意志消沉地看著比安卡的臉色，擔心比安卡會改變心意，收回要把衣服送給自己的決定。

宛如一隻大型犬的模樣讓比安卡忍不住笑了。

應該說他太直接還是不懂掩飾呢？她還是第一次遇到魯莽到分不清什麼話該說，什麼話不該說又纏著自己的人，還對她表現出好感。

雖然不討厭，但她不想再跟他說下去了。其實每次跟索沃爾講話，比安卡都會覺得越來越疲憊。

她不發一語地掠過索沃爾，走到一樓。索沃爾摸不透比安卡的想法，不安地顫抖著跟在她身後。

「夫人，您真的要把衣服給我對吧？」

「我不是已經說了嗎？」

「您不可以反悔喔。」

「我為什麼要做這麼麻煩的事……嘖，加斯帕德爵士過來了，你走吧。」

比安卡對不停糾纏的索沃爾感到厭煩，對他揮了揮手。而發現他們的加斯帕德也像比安卡所說，開始往這裡走來。

「那邊的馬車已經準備好了，夫人。」

CHAPTER ✣ 07.

「好。」

比安卡跟著加斯帕德，踩著輕盈的腳步移動。索沃爾雖然被比安卡下令離開，仍不屈不饒地跟在她身後。

喋喋不休的索沃爾跟在比安卡身邊轉，話相對不多的伊馮娜和加斯帕德自然被擠到後面。加斯帕德瞄了伊馮娜一眼，發現她提著一個大包袱，加斯帕德迅速向她伸出手。

「給我吧。」

「……？這是我的行李。」

「給我。」

「我可以自己拿。」

「給我。」

加斯帕德重複著一模一樣的話，讓伊馮娜皺起眉頭。她手中的包袱只是體積大，其實不重，她自己拿一點也不吃力，不知道為什麼加斯帕德一直要自己交給他。

不只索沃爾在耳邊吵，伊馮娜與加斯帕德也在後面爭吵不休，不適應這種吵雜環境的比安卡覺得腦袋隱隱作痛。

雖然不討厭，但好疲憊。

就在比安卡悄悄嘆氣的那一刻，突然吹來一陣風，吹亂了她的衣襬和頭髮。無奈之下，比安卡用風當藉口把伊馮娜叫來。

「伊馮娜，妳把那個交給加斯帕德爵士，過來幫我整理帽子。剛才好像被風吹翻過去了。」

「啊，好的，夫人。」

有趣的是，他們剛才還在為了誰拿包袱爭執不休，但比安卡一下命令，伊馮娜就立刻將自己的包袱直接塞進加斯帕德的懷裡，飛快地跑到比安卡身邊。

加斯帕德提著伊馮娜的包袱，靜靜地跟在後面，表情一如既往地毫無波瀾。

但在伊馮娜走近比安卡之前，圍繞在比安卡身邊吵鬧的索沃爾先採取了動作。比安卡開口呼喚伊馮娜的同時，索沃爾若無其事地朝比安卡伸出手。

「沒有被吹翻很多，只是有點皺褶而已。」

索沃爾用不細心的手摸了摸比安卡的外套兜帽。他似乎不太習慣柔軟的布料觸感，粗魯地拍了拍。這動作表面上看起來非常親近。

CHAPTER ✣ 07.

比安卡不懂索沃爾為什麼一直賴著不走，不太情願地接受他的幫助，表情稍微僵住。而感到驚慌的不只比安卡，伊馮娜的臉色也僵住了。

不知道是根本不在意，還是沒察覺到兩個女人的訝異，索貝爾若無其事地繼續自言自語：

「哇……從衣料的觸感都不同呢，真不愧是夫人。」

「……謝謝你的幫助，但下次要先請求准許。」

比安卡拉了拉外套下襬，從索沃爾身旁退後半步。雖然索沃爾單純只是提供了協助，但不習慣男人接近的比安卡覺得十分唐突。

她重生前曾與男人發生過關係，就算最後以分離收場，但也算是談過戀愛。不過就算「有經驗」，也不代表習慣面對男人，而且她在修道院生活了很久，那些事也早已變得十分遙遠。

沒想到這種小小的幫助也會讓比安卡感到抗拒的索沃爾歪著頭反問：

「什麼准許？」

「你能不能出手幫忙的准許。」

「對貴族夫人都得這樣請求准許嗎？」

「沒錯。」

就像教小朋友識字一樣，比安卡有耐心地回答。

索沃爾並不是討厭她，也不是想欺負她才這麼做。他只是不懂這些，不知道該怎麼對待淑女而已。

仔細想想，像索沃爾這樣的下級騎士有機會遇見淑女嗎？既然不懂，教他就好了。

雖然沒有很頻繁，但經過幾次短暫見面與對話後，比安卡對索沃爾也沒辦法太過無情，因此有耐心地教導他。

就在比安卡像這樣細心告誡索沃爾時，突然好像有人望著她，有道視線刺上她的臉頰。比安卡不自覺比轉頭看向那道視線可能的方向，就這樣與對方四目相交。

站在那裡的人正是扎卡里。因為有點距離，看不清他的細微表情，唯獨能感受到他的表情不太尋常。

他的眼神銳利，沒有一絲動搖，像在瞪著她。不，說不定真的是在瞪她。比安卡的心臟大力跳動，思索著自己是不是又惹到他了。

CHAPTER✢07.

『為什麼他今天看起來心情特別不好？是因為等太久，生氣了嗎？還是因為我擅自說要丟掉他的衣服……？』

比安卡也知道扎卡里沒那麼小心眼，不會因為衣服被丟掉就生氣，但以妻子的名義干涉他的行李，確實有可能惹他不悅。

比安卡寧可扎卡里直接說出他生氣的原因，但扎卡里總是會表現出不悅，卻又不說清楚，讓比安卡感到棘手又不耐煩。

比安卡站著不動時，扎卡里已經大步走來。周圍的人都看出氣氛不對，退後一步閃躲。扎卡里輕聲喚了一聲她的名字。

「比安卡。」

「您等很久了嗎？」

「沒有。」

與不悅的表情相反，扎卡里呼喚比安卡的聲音輕柔溫和。他看起來想問些什麼，但又沒有問出口，反倒向比安卡伸出手。

比安卡靜靜地看著朝自己伸來的手。那隻手寬大厚實，足以包覆住她自己的手，正毫不動搖地等她握住。比安卡小心翼翼地把自己的手放上去。

當她的指尖碰到扎卡里的掌心，他粗長的手指立刻緊緊握住比安卡的手，就像個陷阱，再也不放開她。

與扎卡里緊握的手掌有些發癢，傳來體溫與流著手汗的感覺，以及在他身邊才能聞到的麝香香氣。

比安卡壓抑著想把手抽回來的衝動，就這樣被扎卡里牽著手，來到馬車前。比一般茅草屋還巨大的馬車，內裝及外表都很完美，四隻負責拉動車廂的馬匹吐著鼻息。

馬車越大，車輪就越大，要走上階梯才能坐進車廂。比安卡伸出腳，踏上馬車前的階梯。

扎卡里確認比安卡順利走進馬車，坐在位置上後滿意地點點頭，最後又擔憂地說：

「妳很久沒出門旅行了，可能會很累，如果妳累了就告訴我。」

「請不用擔心。」

雖然這樣說，比安卡絲毫不打算喊累。反正就算疲憊，這趟旅程還是必須進行下去，喊累也只會招來難侍候的惡名。

CHAPTER ✣ 07.

這段有點詭異的護送結束後，比安卡終於能鬆一口氣。她沉沉靠到椅子的靠枕上，目光轉向窗外的同時，負責服侍比安卡的伊馮娜也為了照顧她，坐上了馬車。

車廂內相當寬敞，甚至讓人懷疑只有兩個人會不會太空了。伊馮娜張大了嘴，讚嘆著華麗的裝潢。

「哇啊……伯爵大人似乎用心裝潢過馬車呢。」

「是啊，好像是這樣。」

比安卡露出微笑，用手指輕輕碰上窗框。馬車內裝相當講究，連窗框都有雕刻裝飾。

馬車外，人們似乎在進行最後的檢查，十分吵雜。熟悉的聲音、馬蹄聲以及武器碰撞的聲響混雜交錯，馬車開始緩步移動。

不管靠枕做得再蓬鬆，車輪滾動前進的顛簸感還是讓比安卡全身發麻。這種感覺與她第一次騎馬時相似，卻又不一樣。

第一次搭馬車的伊馮娜在前行的過程中難掩驚訝。

「您還好嗎？」

「嗯，目前沒事。」

比起以前徒步前往另一個城市的經驗，馬車旅行真的舒適許多。比安卡透過車廂側邊的小窗戶欣賞外頭的風景。

負責護衛比安卡的加斯帕德騎馬跟在馬車附近，扎卡里與另外兩位副將羅貝爾及索沃爾則騎在前面一點的地方。

扎卡里率領著隊伍，威風凜凜騎著黑馬的模樣帶著十足戰爭英雄的威嚴。比安卡凝視著扎卡里在陽光下耀眼的背影，立刻轉開視線。

經過上開橋及蜿蜒的道路，隊伍正式出發。馬車經過農田與原野時，正在工作的農奴向他們低頭行禮。或許是牧羊人在趕羊，不知道從哪裡遠遠傳來羊群咩咩的叫聲。

阿爾諾堡逐漸遠去，比安卡一直望著窗外，直到阿爾諾堡完全消失。

他們離開阿爾諾領地，踏上前往首都的旅程。

＊　＊　＊

在結婚典禮之後，這是比安卡第一次搭乘長途馬車旅行。

CHAPTER ✢ 07.

對重生的比安卡而言已經是很久以前了。當時發生了什麼事？她在抵達阿爾諾領地的途中哭個不停，其實沒有留下太多回憶。

與雀躍的伊馮娜不同，比安卡裝出高雅的樣子，心中其實也很興奮。然而旅行必須永無止盡地趕路，難免會感到枯燥，因此比安卡聞著撲鼻而來的森林草木氣味、聽著蟲鳴聲，不停打盹又醒來好一陣子。

就這樣過了一天，太陽開始西沉，馬車內變得十分昏暗。森林裡的黑夜來得很快，他們結束今日的行程，開始準備露宿。

比安卡無事可做，只要靜靜坐在馬車裡就好了。她疲憊至極地打了個哈欠，輕輕伸展身體。可能是坐了一整路，腰部十分僵硬。

這時，馬車的布簾被掀開，扎卡里突然走進比安卡的馬車裡。即使整天騎馬奔波，他看起來還是跟早上出發時沒什麼差別。在昏暗的空間內，扎卡里的銀髮依然閃著光芒。

「今天不會無聊嗎？」

「光是能到外頭就夠有趣了。」

「那就好。」

扎卡里說完後，一時不再說話，似乎在考慮要不要開口。等不及的比安卡先開口問：

「您有話想說嗎？有什麼需要我做的嗎？」

「不是的。」

扎卡里露出尷尬的神色，為難地咂嘴後勉強地說：

「今天可能必須露宿……」

此時比安卡才明白扎卡里擔憂的原因。扎卡里肯定認為比安卡聽到後，會生氣地說怎麼可以讓自己露宿。比安卡露出苦笑。

扎卡里也不樂於露宿。有比安卡在，他無論如何都想走到村莊，但隊伍人數眾多，實在不容易。

他堅持帶比安卡過來，卻在旅行第一天就露宿。扎卡里發出沉重的呻吟，擔心比安卡會對旅行有不好的回憶。

但比安卡以輕鬆的語氣爽快地反問：

「那我該睡在哪裡？」

扎卡里看到比安卡似乎不在意的樣子，眨了眨眼，甚至懷疑比安卡是不是不

CHAPTER ✣ 07.

知道露宿的意思。他觀察著比安卡的神情，謹慎地回應：

「……妳睡在馬車裡就可以了。」

「我知道了。」

出乎扎卡里的預料，比安卡非常清楚現在的狀況。

路途如此遙遠，露宿本來就是再正常不過的事，看來扎卡里把她當成十分不懂事的小孩。

事實上，過去那個只有十六歲的比安卡聽到露宿這個詞，肯定會鬧得天翻地覆，所以扎卡里的想法也不算大錯特錯。

但現在的比安卡對露宿早已習以為常。

她也曾在草葉結著露水的土地上背靠石頭，蜷曲身體入睡。現在還能在馬車上蓋著絲綢棉被過夜，重生前睡在修道院的日子比這更難過。

比安卡環視寬敞的馬車車廂，她一個人睡綽綽有餘。畢竟她獨占了原本能讓領主全家一起搭乘的馬車車廂，自然很寬敞。

這麼說來，除了載貨馬車，比安卡搭乘的是唯一一輛馬車。那扎卡里要睡在哪裡？好奇的比安卡不假思索地問：

「請問伯爵大人要睡在哪裡？」

「……我睡外面。」

扎卡里的回答讓比安卡的表情微微扭曲。這意思就是，她會一個人睡在這麼舒適的地方，其他人都睡在外面。

比安卡的心地沒有善良到擔心僕人們睡覺的地方，僕人們與貴族過夜的地方當然不同，但自己的丈夫，身為伯爵的扎卡里也要睡外面就另當別論了。

屬下們不清楚夫妻之間的關係，說不定會以為是比安卡將扎卡里趕出馬車。

雖然她早就習慣遭到誤會了，但在必須一起前往首都的旅途中，要一直承受帶著誤會的視線和回應會相當不自在，尤其是討厭比安卡的羅貝爾也在隊伍之中。

認真想想，這是個好機會。比安卡調整好表情，若無其事地問：

「您不和我一起睡在馬車裡嗎？」

「什麼？」

扎卡里不曉得有多驚訝，不自覺地用真實的聲音反問，還臉色慘白。

這個提議不應該令他這麼厭惡吧……比安卡努力不表現出不悅，假裝什麼都不知道地繼續說：

CHAPTER ✣ 07.

「馬車裡面明明這麼寬敞……如果伯爵大人睡在外面，我一個人在馬車裡舒服地休息，僕人們不會說閒話嗎？」

「不會有那種事。」

扎卡里的回答堅定得像刀刃般銳利，讓比安卡一時語塞。扎卡里臉上寫著「我絕對不會睡在這輛馬車裡」。

假如是一、兩個月前的比安卡，可能會感到受傷而渾身顫抖，但這段時間的經歷讓她成長了不少，對扎卡里的拒絕也有了能反覆挑戰的韌性。為了說服扎卡里，比安卡再次開口：

「可是……」

「夫人，您要在哪裡用餐？要端到馬車裡嗎？」

偏偏這個時候，索沃爾不識相地把頭伸進馬車裡詢問。比安卡的話因此被打斷，忍不住狠狠瞪了他一眼。

看到比安卡的淡綠色眼睛不悅地看向自己，索沃爾嚇了一跳，思考著自己做錯什麼。他閉上嘴，目光四處游移，讓比安卡嘆了一口氣。雖然很煩人，但這不是他的錯。

反正扎卡里已經回絕過一次了，再問也沒用。而且現在的時機不太恰當，今天應該完全沒希望了。死心的比安卡疲倦地揮揮手回應。

「好，就在馬車裡吃吧。」

在外面吃的話，只會因為不時偷看的視線而消化不良，她不想被當成關在籠子裡的猴子。比安卡立刻做出決定。

伊馮娜想著「就是現在」，一下從座位站起。

「那我去拿過來，夫人。」

「好，拜託妳了，伊馮娜。」

伊馮娜點點頭走下馬車。她剛才在馬車裡默默聽著伯爵大人與夫人的對話，敏銳地察覺到此刻自己應該離開的時機。

夫人大方地要求一起過夜，伯爵大人竟當面拒絕！伊馮娜夾在中間，心臟都快跳出來了。

索沃爾也離開後，馬車裡只剩比安卡與扎卡里。

伊馮娜的意圖原本是想讓兩人獨處，但比安卡與她不同，以為扎卡里也當然會離開，畢竟已經沒有可以繼續聊下去的話題了。

CHAPTER ✢ 07.

然而，扎卡里一動也不動地繼續待在原地，看他表情，似乎還有話想說。這麼說來，出發時他好像也欲言又止的樣子。他有什麼事嗎？比安卡屏住呼吸，等待扎卡里開口。

但比安卡本來就不是很有耐心的人。等了一會兒，她開始連手該放在哪裡、可不可以眨眼、可不可以揉一揉發麻的腳都不知道。苦惱一陣子的比安卡終究等不及扎卡里開口，催促地說：

「您明明不想睡在馬車裡，為什麼要一直待在這裡？」

「我不是不想。」

扎卡里著急地說出聽似辯解的話，接著閉上嘴，用手抹了一把臉，深深嘆了口氣。彷彿下定了決心，扎卡里握緊起拳頭直視比安卡，讓比安卡也緊張起來。

他想說什麼？比安卡絞盡腦汁也想不出答案，腦袋一片空白。她搖了搖頭，屏住呼吸。

然而，扎卡里最後說出口的話卻令人費解。

「妳跟索沃爾什麼時候變得這麼親近了？」

「索沃爾爵士？」

出乎意料的疑問讓比安卡瞪大雙眼。

這時候怎麼會提到索沃爾爵士？他做了什麼嗎？但不管怎麼回想，都沒有發生什麼特別的事啊。他只是詢問要在哪裡用餐，今天早上也……

「我跟他沒有很熟啊……」

毫無頭緒的比安卡聲音越來越弱。

比安卡白皙的臉龐滿是困惑，而扎卡里看著比安卡的反應，心中煩悶極了。因為就他看來，實在無法相信比安卡和索沃爾的關係不親近。

索沃爾是從什麼時候可以自在地跟比安卡對話的？什麼時候親近到可以幫比安卡整理服裝了？討厭麻煩事的索沃爾為什麼會替代護衛騎士加斯帕德，來詢問用餐這些既麻煩又瑣碎的問題？

他們兩人之間的距離在自己毫不知情時變得如此靠近，扎卡里感覺就像後腦杓挨了一記重擊。

比安卡和索沃爾，是完全稱不上「相配」的意外組合，如果是和護衛騎士加斯帕德變親近，反倒能理解。

比安卡是個討厭無禮莽漢、被人干涉的女人，宛如空氣的加斯帕德不會惹比

CHAPTER ✣ 07.

安卡生氣，兩人應該很合得來。

而索沃爾是阿爾諾堡裡最輕浮的男人，也是三名副將中唯一出身平民的人。扎卡里對此沒有成見，但也擔心比安卡可能挑剔索沃爾的出身。

但現實恰好相反，索沃爾與比安卡親近的關係就是讓他如此震驚。

現在想想，上次提到繼承人問題的時候，索沃爾和文森特都站在比安卡那邊。

那時候沒有多想的小事，現在回想起來就遭到扭曲誇大，令他不樂見的假設讓身體發顫。

比安卡非得提早懷上繼承人的原因，索沃爾與她同聲共氣的原因……

扎卡里也很清楚索沃爾和比安卡之間沒有任何關係，自己只是好奇合不來的兩人之間的交情而已。他試著簡單地如此定義在自己胸口翻騰的熱度。

比安卡對扎卡里的心境毫不知情，像央求飼料的小鳥輕輕歪著頭。

「發生什麼事了嗎？我跟索沃爾爵士只有說過幾次話而已。」

「……我只是，沒想到你們會這麼親近。」

「啊啊，我去馬廄的時候，他向我介紹過馬廄。散步時也不時會遇到……」

「但妳應該不會在散步時跟每個遇到的人聊天。」

「那是因為索沃爾爵士先看到加斯帕德爵士，向我們走來……等等，您是在審問我嗎？」

「審問？我嗎？」

聽到比安卡尖銳的質問，扎卡里驚訝地反問。

他疑惑地回想自己方才說過的話，也覺得自己的語氣很像在審問，想隱藏起來的本能似乎不自覺地冒了出來。

扎卡里的臉落下一層陰影。

「如果讓妳有這種感覺，我很抱歉。」

比安卡直望著在自己面前低下目光的扎卡里，不明白他為什麼會如此在意索沃爾。

比安卡有什麼理由不能和索沃爾變親近嗎？如果有，那只要講一句「不要靠近他」就可以了啊。不，一開始就提醒索沃爾不就好了嗎？沒必要拐彎抹角地把想說的話吞下肚。

其實比安卡之所以看起來和索貝爾相處得不錯，是因為她本來就對索貝爾沒什麼期待。不在意他做出無禮舉動，也是因為比安卡從未期待他做出合乎禮儀的舉

CHAPTER ✢ 07.

止，而不是因為寬宏大量到連那種行為都能理解。

但比安卡沒必要把內心話說出口，她修飾尖銳的語氣，臉上堆出笑容，說出扎卡里聽起來順耳的話。

「因為他是您的家臣啊。對於守護您的人，我不需要莫名為難他吧。」

「……比安卡。」

不知道扎卡里對比安卡的理由有幾分相信，但似乎很滿意她說的話。他呼喚比安卡的聲音比平時還低沉，在銀灰色睫毛下閃耀的黑色瞳孔燃起莫名的熾熱。

扎卡里將手伸向比安卡的臉頰。小心翼翼地，彷彿要觸碰某個只要稍加用力就會碎裂的脆弱物品。

扎卡里碰到臉頰的體溫讓她僵直背脊，她還是不習慣這樣的接觸。雖然打從一開始就不習慣所有一切，但也不能逃避。

比安卡再不懂得察言觀色，也知道這是個不容錯過的好機會。

說不定今天，即使沒辦法同床共枕，也能稍微敲碎一點他的心牆吧？比安卡想到這裡，緩緩閉上眼，就像在期待，不，是渴求親吻的樣子。

比安卡揚起頭，肌膚感受到扎卡里的氣息。

如果睜開眼，能看見他貼近的臉龐嗎？倒映在黑色瞳孔裡的我，是怎樣的表情？是充滿期待的樣子？還是害怕的模樣？他今天真的願意吻我的唇嗎？

比安卡的心臟大聲跳著，但努力裝作沒事。上輩子和扎卡里最後一次接吻是什麼時候呢？以前他們夫妻倆進行床笫之事只是不得已的肌膚之親，也很少接吻。

這樣想來，重生的比安卡至今還沒接吻過。等他的嘴唇親上來，該如何反應？萬一表現得很積極，他會失望嗎？如果能以「失望」這種可愛的反應做結，應該也該慶幸。

很是緊張的比安卡，睫毛細細顫抖，扎卡里的嘴唇似乎就快親到自己了。

就在比安卡心急的瞬間，一道意料之外的聲音劃破馬車裡的寂靜。

「我拿餐點過來……了，夫人。」

一聽到伊馮娜的聲音，在比安卡臉頰上的指尖溫度與氣息都同時消失。驚訝的比安卡睜開眼時，已經來不及了。

比安卡看到車廂裡的漆黑，以及遠遠拉開距離的扎卡里。上一秒還那麼靠近，什麼時候退到那麼遠了？甚至讓她感到神奇。

扎卡里的臉上反常地顯露出了動搖。他露出難掩驚訝，不知所措又茫然的表

CHAPTER ✣ 07.

情，彷彿那鋼鐵般的理性、邏輯與固執，讓他完全無法接受陷入這種狀況的自己。

比安卡這時才看向端來餐點的伊馮娜。她或許是發現自己闖了大禍，看起來相當不知所措。不識相是侍女的重罪，伊馮娜渾身顫抖著，一副做好心理準備，就算被比安卡怒斥也能理解的模樣。

但比安卡怎麼可能責怪伊馮娜呢？她輕聲嘆了口氣，對伊馮娜招招手。

「好，拿過來吧。」

「……那我先走了。」

伊馮娜的出現讓扎卡里抓住機會，在比安卡的目光轉向伊馮娜的瞬間，立刻快步走下馬車。慌張離開的背影看起來不知所措，像是差點犯下大錯，那匆忙的模樣也看不出一絲放心的神色。

一直屏住呼吸觀察狀況的伊馮娜，小心翼翼地問：

「是我太不會察言觀色了嗎……？」

「不，來得正是時候。我剛好肚子餓了。」

比安卡挺直腰桿回答。

嘴上說著正是時候，卻是顯而易見的謊言。雖然剛才是最不識相的時機，不過今天一整天的時機都不甚理想，比安卡也很快就放棄了，又不是只有今天有機會。

比安卡決定放輕鬆一點，將伊馮娜端來的食物拉到自己面前。她故作鎮定地撕下一塊麵包放進嘴裡，但嘴裡的麵包塊特別乾硬。

CHAPTER 08.

糾結、解開、再糾結

離開阿爾諾領地大約過了十幾天，首都已近在眼前。僕人們都面面相覷，似乎不敢相信這麼快就能抵達首都。

從阿爾諾領地到首都，騎馬需要三日，走路則要一星期，五十多人的隊伍移動則需耗時約十天，雖然速度很正常，不快也不慢，但由於他們原先預計的旅行時間是兩個半星期，這讓僕人們難掩困惑。

為什麼要預估這麼長的旅行時間？正是因為「比安卡」這個變數。

貴族夫人們承受不了險峻的旅途而抱怨連連是很常見、一點也不特別的事。旅途中餐食難免會變得簡陋，就算馬車再舒適也比不上領主城堡。通常還不到三天就會開始抱怨，因此經常導致行程延誤。

更何況他們服侍的是「那位」夫人啊。難相處、不是高級貨就看不上眼……他們一聽到夫人要一起前往首都，立刻就慌了。

『萬一找不到旅店怎麼辦？』

『穿過山林的時候，如果因為蚊蟲很多而發脾氣怎麼辦？』

『如果她說馬車太晃……』

僕人與士兵們說著毫無意義的藉口，表示對夫人同行的憂慮。然而領主扎卡里

CHAPTER ✢ 08.

做了決定，夫人比安卡也答應了，副將們也並未對此特別反對，因此他們沒辦法改變這個決定。

他們堅信這次去首都會成為這輩子最漫長、最可怕的惡夢。但可笑的是他們這樣大聲嚷嚷，那些讓他們如此提心吊膽的事一件也沒發生。

比安卡除了在隊伍出發前的早晨，在周邊散步了一會兒之外，一整天都只待在馬車裡。只有她的侍女伊馮娜偶爾會往返馬車跑腿，比安卡不曾離開過車廂。

這段路程十分輕鬆順利。比安卡不僅沒有造成任何麻煩，像死去了一般安靜待在馬車裡的表現讓所有僕人與騎士都啞口無言。

一想起之前聲稱她會成為旅途的阻礙，他們就想找個老鼠洞鑽進去，他們似乎太大驚小怪了。

但比安卡怎麼會一直待在車裡呢？僕人們之間流傳著「夫人該不會是生病了吧？」的傳言。

「她的身體本來就很柔弱……夫人沒事吧？」

「如果不舒服早就說了吧，她不是那種會逆來順受的人。」

「也是，你說得對。」

僕人你來我往地聊著，眼睛卻不安地游移。比安卡的沉默就是讓他們如此惶恐。

不過與他們的憂心不同，比安卡在車廂裡安然無恙。她以長時間搭馬車，感到反胃頭暈為藉口，一直靠臥在馬車的座位上。

暈車的症狀沒有那麼嚴重。比安卡也很清楚，以暈車為由莫名發脾氣只會將旅行時間拉長而已。

她認為比起盡量想辦法在顛簸的馬車裡過得舒適一點，盡快抵達首都比較好，在新鮮水果的陪伴下度過無聊的時間。

隊伍能比預計的時間提早抵達首都，都是多虧了比安卡無心的配合。

塞夫朗王國的首都拉奧斯，從規模就無法與阿爾諾領地相比擬。阿爾諾堡建造在平地上，塞夫朗堡則是坐落於高山與峭壁之上的要塞。

宛如高山聳立的拉奧斯，三面都是沿著城邊直削而下的懸崖，沒有岩壁的那面則築有城壕及高大的城牆，只能經由上開橋進入拉奧斯，這天賜的地形不允許任何外敵侵略。

華麗宏偉的白色要塞像在誇耀其威容，能感受到百餘年來，在亞拉岡王國及

CHAPTER ✣ 08.

卡斯提亞王國之間堅守地位的堅強實力。

城堡尖塔的頂端飄揚著印有塞夫朗家徽的旗幟。火紅玫瑰的後方有兩道金色光芒延伸而去，與藍天形成對比，十分鮮明。

瞭望台上的守衛發現阿爾諾家的旗幟，往底下大喊：

「黑狼！是阿爾諾家的旗子！」

沒過多久，阿爾諾家的隊伍抵達阿奧斯城門前。站在隊伍前方的扎卡里朝城堡大喊：

「我是扎卡里·德·阿爾諾伯爵！奉陛下之命前來，開門！」

「把橋放下！」

士兵確認扎卡里的身分後大喊一聲，伴隨著鐵鍊的喀啷聲響，沉重的上開橋在扎卡里面前降下。

扎卡里率先過橋，首都的士兵們都以敬畏的目光看著扎卡里。

多虧扎卡里在與亞拉岡王國的戰爭中接連獲勝，他們這些首都的士兵才得以在安全的地方安穩入睡。不僅士兵，在塞夫朗王國百姓的眼中，扎卡里是救國的英雄。

經過上開橋的商人與工匠們，聽見阿爾諾家的名號也都停下腳步，目不轉睛地注視著隊伍。阿爾諾家就在讚揚的目光中進入首都拉奧斯。

穿過城堡第一道城門後，還得經過三道城門。拉奧斯的主城如尖塔一般高聳，下方的城體環建為三層，穩固保護著主城。

途經森林時躲在馬車裡的比安卡也忍不住欣賞起首都的風景。她稍微掀開窗簾，透過縫隙欣賞外面的景象。

越接近主城，走在路上的人們穿著越華麗。既然是首都，商會組織也相當活躍，也有很多富人。即使是平民，服裝打扮也與普通貴族不相上下。

每個人忙碌地過著生活，匆忙的樣子連步伐都很倉促。

如果是一般的領民，想必會看華麗的貴族隊伍看到入迷，但這對他們來說似乎稀鬆平常，只是平靜地從旁走過。

但有幾個人發現了他們隊伍的旗幟，瞪大眼睛開始高呼。

「阿爾諾！是阿爾諾家的家徽！」

「鐵血伯爵！戰神！不敗的騎士！」

「阿爾諾伯爵大人！請看看這裡！」

CHAPTER ✦ 08.

人們熱情的反應讓比安卡感到困惑，身體不自覺地往後退。一同在馬車裡的伊馮娜露出微笑。

「因為伯爵大人是塞夫朗的英雄，如果不是伯爵大人，這裡的人們可能就不能維持如此平和的生活了。」

「……」

民眾的視線都集中在隊伍前端的扎卡里身上。

不知道是不是很習慣這種場面了，扎卡里面色平靜地騎著馬。在陽光下閃耀的銀灰色髮絲、被春風吹拂的黑色斗篷以及堅定的表情看起來十分高潔。

對比安卡而言，扎卡里只是個總是不在領地的丈夫，但在別人眼中卻是英雄。這差距讓她十分陌生。

坦白說，這一切之所以令人感到陌生，都是因為比安卡不關心扎卡里罷了。

不只是扎卡里，她對國家情勢也漠不關心，只知道扎卡里在與亞拉岡王國打仗，根本不曉得亞拉岡王國究竟為何侵略塞夫郎，其中又摻雜著什麼利益關係。

直到扎卡里死於戰爭。

被趕出阿爾諾家後，她為了生存而到處看人臉色，聽到各種說詞，比安卡才知道一直以來持續不斷的戰爭，正是因為塞夫朗王位繼承問題而起。

當今的國王雖然屬意大王子高堤耶繼承王位，但二王子雅各布不放棄那個寶座。

雅各布是個充滿野心的陰險男人，暗中與塞夫朗的敵人亞拉岡王國勾結，合力動搖塞夫朗王國，趁著戰亂時期自己成為英雄，計劃在戰爭私自解決掉高堤耶。

高堤耶王子派的貴族們大部分都是文官，沒有驍勇善戰的人。相較之下，雅各布具有善戰的才能，在馬槍競賽獲勝過無數次。雅各布認為只要上戰場展現壓制亞拉岡的模樣，國王會對自己刮目相看。

但自信滿滿想成為戰爭英雄的雅各布，因為扎卡里宛如彗星般出現，計畫宣告失敗。突然出現的扎卡里戰無不勝，在沙場立下大功，受封男爵之位。戰爭英雄的美譽就此給了扎卡里，而非雅各布。

即使自己的計畫被打亂了，當下的雅各布卻一派輕鬆。他想當的不是英雄，而是國王。只要扎卡里投身雅各布的陣營，他就能不受任何威脅，占據王座，簡直是一箭雙鵰。

然而，問題是必須讓扎卡里投向自己的陣營，而知道這件事的人不只有雅各布。

CHAPTER ✣ 08.

有人搶在雅各布之前採取行動，也就是高堤耶的心腹布蘭克福特伯爵。他立即向扎卡里提出聯姻，而扎卡里沒有拒絕。

於是，扎卡里就成了布蘭克福特的女婿，加入高堤耶王子的陣營。以雅各布的立場來說是令人暴跳如雷的事。

『所以就算重生回到更年幼的時期，我最後還是會跟這個男人結婚。』

扎卡里在戰場上百戰百勝。

屢屢輸給扎卡里，即使與雅各布王子暗中結盟，情況也沒有改善，因此站在亞拉岡王國的立場，有越來越多聲音質疑繼續與雅各布聯手是否正確。

雅各布在這過程中做了什麼決定，比安卡無從得知。

總之，最後高堤耶王子在戰爭中死去，扎卡里竭力擁護高堤耶王子的兒子阿貝爾王世孫坐上王位，卻連他也戰死沙場，結果由雅各布成為國王。

雖然是扎卡里的哥哥維格子爵將比安卡空手趕出阿爾諾家的，但雅各布就是奪走比安卡一切的人。他為了王位發動的戰爭，讓比安卡失去了父親、兄長、丈夫以及自己的未來。

現在比安卡只是為了站穩在阿爾諾家裡的地位而暫時不去想，並不代表她忘了自己的仇人是誰。比安卡心中的憤怒與復仇如烈焰般熊熊燃燒。

但她只是個伯爵夫人，沒辦法率領軍隊，也不能參政，領主扎卡里遠赴征戰時，她連領地都無法保護好，是個沒用的伯爵夫人。

她很清楚自己的立場，也十分明白身為貴族，在對方的地盤——首都顯露出心思是多麼危險的事。她沒有失去理智到忽略這個危機。

『不如跟扎卡里說吧？如果他知道雅各布的陰謀，應該會積極將他除掉，對我來說能減少一個煩惱。』

比安卡立刻搖搖頭。這究竟要如何開口？比安卡剛來到首都，以前也對國家情勢毫不關心，說這種話只會啟人疑竇。之前只是說想懷上繼承人，扎卡里就對自己心懷戒備了……

『沒錯，先努力假裝什麼都不知道吧。』

比安卡不發一語，努力讓自己保持鎮定。這不容易，但必須這麼做。

造訪首都的貴族們必須立即去謁見國王，比安卡也必須作為伯爵夫人出席。

扎卡里似乎已經來過好幾次了，熟門熟路地走向城堡的謁見室。比安卡跟在他身後，深吸一口氣。她蒼白的臉龐像陶瓷娃娃一樣僵硬，淡綠色的眼睛無比沉靜。

CHAPTER ✢ 08.

比平時更蒼白的臉色乍看之下很緊張。扎卡里不斷瞥向比安卡，擔憂地說：

「不用太緊張，不會有事的。就算妳不小心犯錯，陛下也不會因此怪罪妳。」

扎卡里以為比安卡是因為第一次來首都謁見國王而緊張，努力想緩解她的緊張。

「我知道，謝謝。」

她不是因此而緊張，但比安卡無法明說自己的擔憂，就隨口回答帶過。扎卡里用憂心的目光直望著比安卡，但他無能為力。

扎卡里再次移動腳步，不久後來到謁見室。

負責守衛謁見室的騎士認出扎卡里，原本擋住門口的身體往側邊讓開。那位騎士的眼神中帶著對扎卡里的崇拜。

謁見室空間寬闊，挑高的天花板要高高仰頭才能看見盡頭。白色石牆上掛著許多象徵塞夫朗王室的紅薔薇刺繡壁毯。穿著板甲的騎士們在兩側列隊，戴著頭盔的模樣十分具有壓迫感。

列隊騎士的盡頭，謁見室的正中央擺著以岩石雕刻而成的巨大王座。

坐在王座上的人是塞夫朗王國的年邁國王——維克多·德·塞夫朗。他的臉上布滿皺紋，但仍留存著俐落的輪廓、高挺的鼻梁與濃密的眉毛，能想像出年輕時的俊美相貌。

塞夫朗王室的祖先歐文・塞夫朗，是位被稱為薔薇騎士，擁有一頭金髮的美少年，塞夫朗王室因此以薔薇為象徵。

或許是因為這樣，繼承塞夫朗血脈的人們也都以如太陽般耀眼的金髮及美貌聞名。

站在國王左右兩側的兩位男子都擁有與國王相似，彼此卻不相似。

兩個金髮碧眼的美男子，氣質極其相反。看起來溫柔文弱，輪廓較纖細的男子是高堤耶王子；另一位身材健壯，表情冷漠的人則應該是雅各布王子。

謁見室裡所有人的視線都集中在威風凜凜地走進來的扎卡里身上。相較之下，比安卡沒有什麼存在感。她這次謁見國王的目標，就是盡可能保持低調，不需要多說話就結束覲見。

扎卡里站在國王面前恭敬地行禮。

「扎卡里·德·阿爾諾參見陛下。」

「喔喔，塞夫朗的英雄，歡迎你，阿爾諾伯爵。」

CHAPTER ✣ 08.

曾是美男子的年邁國王如此熱情歡迎，扎卡里仍淡然處之，沒有因為對方是國王而裝熟或阿諛奉承。國王對此相當滿意，讚許地說「武人就該這麼穩重」。

站在扎卡里身後的比安卡也對國王行禮，國王的視線立即從扎卡里身上移開，轉向比安卡，掩蓋在眼角皺紋下的藍眼睛熠熠生輝。

「今天真是新奇呢，你居然帶夫人來了。」

比安卡露出微笑，尷尬地低下頭。在她高雅的頸部線條、優雅從容的態度之下，卻是害怕犯錯的不安。比安卡稍微垂下睫毛，輕聲說道：

「很榮幸能見到陛下。」

「自從伯爵和布蘭克福特家締結婚約，我這個老人就一直要他把伯爵夫人帶來給我看，他都不答應。現在終於帶來給我看了，是顧慮到我快死了嗎？」

國王望向比安卡的視線充滿善意。他將高堤耶王子視為繼承人，對高堤耶王子堅定的後盾布蘭克福特家親切以待。

當時突然成為英雄的扎卡里和布蘭克福特家締結婚約，正式與比安卡成婚，國王甚至高興得像王室成員結婚一樣。

不同於開心的國王，始終保持冷靜的扎卡里冷淡地回答：

「我妻子的身體孱弱，都在領地療養。而且陛下的身體依然硬朗，請不要開這種玩笑。」

「看起來的確很柔弱啊……健康很重要，很重要……」

國王喃喃自語，沉沉靠上王座，分不清楚是對比安卡說話還是衰老國王在自言自語。

國王的熱情讓比安卡備感壓力，更緊抿著雙唇。

國王為什麼喜歡第一次見面的她呢？應該是對扎卡里的喜愛，還是對比安卡娘家布蘭克福特家帶有好感吧。

比安卡知道自己沒什麼魅力，不是能給人好感的人。要是開口，只會毀掉他人累積起來的好感，還不如表現得像是害羞或怕生比較好。

選擇沉默的比安卡不自然地笑了笑，畢竟面對國王，即使不說話也不能給人心懷抗拒的感覺，只能勉強擠出微笑。

這時，比安卡感覺到一股執著的目光看向自己。那道目光直看著自己，甚至刺痛了肌膚。她本能地察覺到視線的來源，背後流下冷汗。

比安卡不清楚「他」為什麼這麼執著地看著自己，只要假裝不知道，就能安然

CHAPTER ✢ 08.

度過吧……

然而國王接下來對比安卡說話，讓她的計畫瞬間瓦解。

「這樣說來，伯爵夫人是第一次見到我的兩個兒子吧。這位是我的大兒子高堤耶王子，左邊是二兒子雅各布王子。」

「……很高興能見到兩位。」

國王非得介紹，比安卡也不得不向兩位王子行禮。

比安卡以外貌與氣質分辨王子們的推論完全正確。

形象溫柔，感覺喜歡吟詩、撫弄魯特琴的人是高堤耶王子。他向自身家臣之妻比安卡露出溫暖的笑容。比安卡就是阿爾諾家與布蘭克福特家結合的墊腳石，高堤耶王子沒理由對她不親切。

『相較之下，雅各布王子……』

比安卡與雅各布對上目光，手臂上立刻起了雞皮疙瘩。

即使他也繼承了塞夫朗家的血脈，擁有華麗的金髮及帥氣外表，但籠罩在他身上的危險氣息讓人完全忽視了他的外貌。那股竄上脊椎，彷彿尖叫的警告聲使比安卡的表情僵硬。

雅各布王子明明有和高堤耶王子一樣的藍眼睛，眼裡卻像盯上獵物的野獸一樣發亮。不用多問也知道，直盯著著比安卡的視線主人是誰。

渾身不自在的比安卡不得不違反禮儀，先別過頭。

『他盯著我看只是因為不喜歡我而已，沒別的意思。畢竟布蘭克福特家和阿爾諾家對他來說是眼中釘……』

比安卡甩掉了心中的不安，但是這想法無法輕易消除。

此時雅各布彷彿在嘲笑她的想法，瞇起眼睛笑著和比安卡搭話。不同於溫柔的高堤耶，他的笑容充滿虛偽。

「既然兩位為了祝賀阿貝爾訂婚而來到首都，在這裡時有什麼不方便的地方，請隨時告訴我。」

除了國王，謁見室裡的所有人都因為雅各布油腔滑調的話神色僵硬。

雅各布說的話，原本應該由阿貝爾的父親高堤耶王子說出口。

如果雅各布本來就很疼愛阿貝爾就算了，但他為了王位，持續在檯面下與高堤耶進行心理戰，阿貝爾對他來說是眼中釘，讓這番言論更不尋常。

比安卡感到頭昏眼花。

CHAPTER ✣ 08.

『竟然叫我們有事就告訴他，應該不是真心的。他究竟有什麼陰謀？』

絞盡腦汁也毫無頭緒，沒辦法看穿雅各布意圖的人不只比安卡，高堤耶也用充滿疑問的眼神瞥向雅各布，但雅各布的目光只厚臉皮地凝視著比安卡。

只有國王沒察覺到這微妙的氣氛，他傾身靠向站在左邊的雅各布，開玩笑似的笑著問道：

「你今天是怎麼了？」

「我們塞夫朗的英雄為了姪子訂婚，這麼早就來到這裡，還帶著一直藏在家裡的小伯爵夫人來，我做為叔叔，款待他們是應該的。」

「你有這樣的想法還真新奇。」

「陛下，我已經三十幾歲，不是新奇的年紀了。」

高堤耶王子看著融洽交談的國王與雅各布，生硬地笑了笑。他是因為國王笑而跟著笑，但其實十分憤怒，不是能真心大笑的情況。

假如是在以前，國王應該很快就能察覺到兩個兒子的不和，但如今他年事已高，感官變得遲鈍，體力也不足。是刻意不想將事態鬧大，節外生枝吧？不確定國王是佯裝不知情，還是真的沒發現，他呵呵笑著對扎卡里說：

「一路奔波很辛苦，快回去休息。就像雅各布王子說的，如果有不便之處，就隨時跟王子說。」

「……我知道了，殿下。」

扎卡里依舊冷淡地回答，比安卡卻從短暫的答覆中聽出不悅。由於他始終保持冷漠的表情，只有比安卡察覺到他的真心。

比安卡在心中嘆了一口氣。

她知道扎卡里早已深陷政治鬥爭之中，卻沒想到是到雅各布親自出馬的程度。早知道會這樣當面遭受牽制，就不應該來首都。

看來在首都的生活絕不會太輕鬆。

＊　＊　＊

走出謁見室，比安卡終於吐出憋著的一口氣。或許是因為一直很緊張，她的手指相當冰涼。

扎卡里緊閉著嘴，只望著前方快步走著。看到他的心情不好，比安卡也選擇沉

CHAPTER ✣ 08.

默。萬一沒事刺激到他沒有任何好處。

不知道離開謁見室後過了多久，走過迴廊時，扎卡里突然開口：

「……如果有需要什麼就跟我說。」

扎卡里的話來得突然，不明所以的比安卡沉默不語。她慢了一拍才想到，他說這句話是因為雅各布剛才所說的話。

扎卡里停下腳步，回頭看向比安卡，黝黑的眼睛甚至透露著不安。他可能以為比安卡是在煩惱而沉默，堅決地警告：

「絕對不可以跟他來往。」

「我也是布蘭克福特家的女兒。既然跟你結婚是為了支持大王子，我也知道不能跟二王子來往。」

「……」

難道扎卡里真的以為她會跟雅各布王子來往嗎？那扎卡里絕對把她當作笨蛋。

比安卡知道現在的政治局勢，也知道在這種情況下什麼行為才是正確的。

比安卡沒有生氣地質問扎卡里是如何看待自己的，而是試圖提醒他自己對政治情勢也有所了解，讓扎卡里安心。但扎卡里的表情依然十分不安。

「不只是因為這個，二王子他……」

扎卡里含糊其辭，露出考慮該說到什麼程度的表情。原本湧上喉頭又消失的話語究竟是什麼呢？比安卡靜靜地等他說下去。

「……是個陰險的男人。無法預料他會做出什麼事，所以我希望妳不要接近他。」

扎卡里思索好一會兒，將雅各布評論為「陰險的男人」，毫不在意雅各布是個王子，果決地論斷。

扎卡里談論雅各布時，語調中流露著不悅。連一向淡然、從未強烈顯露出喜好的扎卡里都做出這樣的反應了，可以確切地知道他有多討厭雅各布。

不單單只因為他是政治上的宿敵。比安卡從扎卡里微妙的語氣中感覺到，雅各布和比安卡扯上關係一事讓他相當忌諱。

說不定他把雅各布對比安卡說的那句「有不方便的地方就告訴我」誤以為是調情。她真正的丈夫扎卡里明明就在身邊，當然會被當作是挑釁他自尊心的舉動。

無論扎卡里如何解讀當時的狀況，比安卡都同意不要接近雅各布這句話。

雖然她與扎卡里之間至今累積了不少矛盾，但唯獨關於雅各布的事，比安卡

CHAPTER ✣ 08.

也深有同感。

他確實是個陰險的男人。

光是與亞拉岡王國勾結就足以證明。將近二十多年的時間，雅各布不曉得藏得多深，直到他徹底將塞夫朗占為己有，他與亞拉岡聯手的事才曝光。

登上王位的雅各布與亞拉岡王女結婚，或許是為了鞏固兩國的同盟關係。

如果只是這樣，比安卡還不會這麼厭惡雅各布。

他成為國王後不久，王室曾因為亞拉岡王女外遇而鬧得沸沸揚揚。對方是一同從亞拉岡過來的王女護衛騎士，據說是被雅各布撞見兩人如野獸般交纏的模樣。

搞出婚外情的原因眾說紛紜，例如遠嫁異鄉的鄉愁與寂寞等等，但所有人都在咒罵王女，亞拉岡王國也因為這件事而抬不起頭。

亞拉岡王國原本因為在雅各布奪取王位時，提供了關鍵性的幫助，氣勢沖天，但自從王女外遇後，所有事都改變了。對於即使王女外遇也沒驅逐她，繼續將她視為王妃的雅各布，亞拉岡只能低頭感謝他的慈悲。

然而，比安卡無法怪罪王女。她有種似曾相識的感覺，因為她也是因為相同的原因被趕出來的，一無所知地自行走被設計好的陷阱。當她想到王女說不定也是如此，就感到毛骨悚然。

雅各布就是這樣的男人。

比安卡想起那雙緊盯著自己的藍眼睛。宛如蛇類爬行的感覺仍記憶猶新，十分鮮明。

面對這種情形，比安卡無需扎卡里再三囑咐，她自己就會先轉身逃跑了。她向扎卡里點點頭，努力壓抑將再次泛起的雞皮疙瘩。

「我知道了。」

比安卡的聲音彷彿沒有絲毫動搖，沒有重新考慮的餘地。然而，扎卡里依然無法抹去不安，反覆叮嚀比安卡好幾次，直到她感到厭煩。

「萬一見到他，就算找藉口假裝不舒服也要盡快離開，讓加斯帕德隨時跟著妳。」

「請不要擔心。二王子也公務繁忙，在這偌大的城堡裡，怎麼可能這麼容易遇到呢？」

比安卡笑著叫扎卡里放心，他卻緊抿著唇，沒有回答。彷彿不同意比安卡說的話，扎卡里皺起眉頭，眼眸蒙上一層陰影。

CHAPTER ✢ 08.

扎卡里心裡非常想把比安卡藏在房間裡。他原本是這麼多慮的男人嗎？他在戰場上經歷生死關頭那麼多次，還以為膽子會更大呢……

比安卡對丈夫意料之外的一面感到詫異。

老實說，即便雅各布極為陰險狡詐，現在的情況也不需要如此擔憂。她並非那麼喜歡社交的人，除非雅各布故意來找她，否則兩人應該不會再見到面。

何況雅各布也不會來找她。畢竟他現在正在「裝乖」，讓高堤耶王子派的人害怕發生意料之外的狀況，惴惴不安。

雅各布會瞪著比安卡，是因為她是布蘭克福特家的女兒，也是阿爾諾伯爵夫人。

換句話說，比安卡對他來說只有這點價值。他何必來找比安卡，而不是比安卡的父親，也不是她的丈夫扎卡里？

此時，比安卡對雅各布的事不以為意。她真的，完全沒有預料到會有意外的發展。

＊　＊　＊

比安卡和扎卡里離開後不久，因為到了國王午睡的時間，高堤耶與雅各布步出謁見室。他們在國王面前燦爛地笑著，表現出兄友弟恭的模樣，但一走到門外，兩人的表情立刻變得冷硬。

高堤耶迅速轉頭看向雅各布，追究剛才的對話。即使他看起來像柔弱的詩人，氣勢卻十分凶狠。

「祝賀我們阿貝爾訂婚？有不方便的地方隨時跟我說？你到底在盤算什麼？」

「你說盤算？說得好像我別有企圖似的。」

「難道你要否認嗎？」

「我單純是好意啊，好意。」

雅各布裝模作樣地聳聳肩。短暫的對話中，雙方展開激烈的心理戰。

雖然雅各布沒有完全表現出自己的野心，但這不代表他溫和到在大哥高堤耶面前裝成好弟弟，這不符合他的個性。

展現出一點野心才輕鬆，如果要說謊，就要摻雜一些事實。否則要完美隱藏真心十幾年，幾乎是不可能的事。

或許正因如此，高堤耶以為雅各布只是想要權力，沒料到他打算搶奪王位。

CHAPTER ✣ 08.

國王早已指定高堤耶為繼承人，也有眾多人才相信且追隨自己。即使雅各布展現出「一點」欲望，高堤耶也有能控制他的信心。

倘若高堤耶知道雅各布不經掩飾的欲望有多龐大，他又能為這股欲望做出什麼樣的事，高堤耶恐怕不會放過他。但既然結論是他「無從得知」，這項假設也毫無意義。

「反正阿爾諾卿是大哥的忠犬嘛。應該不是我去纏著他們，就會對我搖尾乞憐，那麼好欺負的狗才對啊。」

「……那你為什麼突然對不好欺負的狗產生興趣？你的個性不會做些沒有回報的事，別胡說八道來模糊焦點，雅各布。」

這樣的對話經常在兄弟之間上演。

雅各布完美扮演著「有野心卻不懂得隱藏，手腕稍嫌不足的二兒子」，高堤耶完全被他騙倒了。

布蘭克福特伯爵雖然評論雅各布為「陰險且高深莫測的人」，高堤耶卻不以為然。

比起身後藏著匕首的人，擺明朝自己亮出刀子的對手反倒沒那麼危險。反正王位會傳給自己，高堤耶不想平白挑起爭端，讓父親不高興，因此決定放任雅各布不管。

高堤耶長嘆了一口氣，警告雅各布：

「我知道你把布蘭克福特伯爵和阿爾諾伯爵視為眼中釘，但你不要想利用弱女子。這種行為不像個騎士，也不適合王室的男人。」

「啊，你發現我盯上她了嗎？」

「雅各布！」

雅各布半開玩笑的反問讓高堤耶倏地大聲喝斥。清瘦的身軀發出洪亮的聲音，在走廊裡迴盪。

但雅各布只是捧腹大笑。高堤耶冷著臉，耐心等他的嘲笑結束。不知道笑了多久，雅各布用手指抹一下眼角，聳聳肩道：

「老實說，我並沒有把他們視為眼中釘，而是他們把我當作眼中釘，所以我也沒辦法啊。」

「雅各布。」

「比起四肢發達的我，大哥你不是很聰明嗎？你那聰明的腦袋竟然只想到我要利用弱女子，有點可惜啊。」

雅各布嘲諷的語氣讓高堤耶心裡很不是滋味。他用波瀾萬丈的藍眼睛直盯著雅各布，丟下一句「別亂來」就逕自轉身離去。

直到高堤耶的身影完全消失，依然站在走廊裡的雅各布揚起嘴角。

「明明很遲鈍，在這種時候又敏銳得嚇人呢。」

雅各布輕嘆一口氣，抓抓後頸。嘴上說著嚇人，臉上卻一派自然。

雅各布徹底控制著自己的表情。如果他輕易將情緒表現在臉上，聯手敵國對祖國發動攻擊一事，不可能直到現在都沒被發現。

即使不是頂尖的舞台劇演員，他也懂得在恰當的時機，以恰當的方式表達情緒。雅各布神情泰然地咂嘴。

「我表現得那麼明顯嗎？也是，有不方便的地方就跟我說這種話確實有點多管閒事了。連父親都問我是怎麼了……」

雅各布摩娑下巴，回想剛才的事。從高堤耶只是威脅自己不要亂來就離開來看，一切還算正常。

雅各布對控制表情相當有自信，他認為問題在於自己突如其來的提議，連自己回想起來都覺得莫名其妙。

但這又怎麼樣？當自己意識到的時候，話已經說出口了。

「驚為天人啊……」

比安卡踏入謁見室的瞬間，雅各布大感震撼，彷彿後腦杓挨了一記重擊。

桐褐色秀髮披散在纖細頸項的後方。雅各布至今不曾覺得某個人性感，但比安卡的深色髮絲瞬間束縛住他。他是第一次發現自己也會對深色頭髮感到興奮。

她雪白的肌膚宛如冬天飄落的白雪，與髮色對比之下，更顯蒼白。那白皙的肌膚已經被其他男人碰過這件事，就像純潔的白紗被踩上泥巴腳印一樣令人憤恨。

比安卡的身材再怎麼說也稱不上豐滿，但纖細圓滑的線條迷人，有如隨風搖曳的柳樹，用一隻手就能完全掌握。

她的五官乍看之下就像作工精細的娃娃一樣美麗，但臉上的表情讓她更加迷人。修得工整端莊的眉毛、纖長睫毛之下的淡綠色瞳孔，都表現出她傲慢崇高的自尊心，散發著清冷的光芒。

雅各布至今總是看不起貴族女人們無趣的自尊心，唯獨遇見比安卡的瞬間，他無法這麼做。該被看不起的應該是曾經信心滿滿，認為自己絕不會被那些女人吸引的雅各布本人。

雅各布的雙眼無法從比安卡身上移開。目光就像釘在她身上一樣追隨著她，甚至期待能再次與她對上眼，但比安卡一直低著頭，甚至讓人懷疑她是故意躲避雅各布的視線。

奇怪的提議、奇怪的態度。或許高提耶是對雅各布的這種態度更感到可疑。雅各布也承認自己很反常，比安卡擁有能瞬間魅惑雅各布的奇妙魅力。

「沒錯，我確實很想得到……」

雅各布舔了舔嘴唇。完全不想和他對上眼，保持距離的模樣就像逃跑的兔子，讓他湧現想追捕的本能。或許是因為如此，他才會一直用眼神追逐著比安卡。

但她終究是女人。只是剛從窮鄉僻壤來到首都，裝清高罷了。只要體驗過奢侈至極、充滿歡愉的華麗首都生活，她牢牢鎖上的心門也會漸漸打開，雅各布只要趁隙鑽進去就可以了。

雅各布在攻陷女人這方面相當有自信。繼承了塞夫朗王室血脈的雅各布外貌亮眼，比起高提耶，更是充滿男性魅力。

比安卡的丈夫扎卡里身為武將，也是體格健壯的帥氣男人，但個性沉默寡言又冷淡，如果是相貌亮眼且華麗的雅各布，一定能打動她的心，除非她的喜好異於常人。

不知道是否該慶幸，她看起來沒那麼喜歡丈夫。這樣事情就更簡單了。

雅各布決定要誘惑比安卡，至於她已經結婚，丈夫是雅各布敵人的這些事都不怎麼重要了。

雅各布一開始想到比安卡曾被其他男人碰過就怒火中燒，但仔細想想自己與亞拉岡的約定後，他反而很慶幸比安卡已經結婚了。

假如比安卡是處女，或許他就沒有興趣玩火了。萬一她突然抓住自己的脖子，說要結婚就完蛋了，所以雅各布一直以來都只找娼妓與有夫之婦。

雅各布為了與亞拉岡結盟，答應了許多條件，其中亞拉岡最重視的就是「與亞拉岡王女一同生下孩子，讓孩子繼承塞夫朗的王室」。

塞夫朗是物產豐饒的宜居之地，亞拉岡卻是暴風雪肆虐的貧瘠國家。

與苦於生計的亞拉岡不同，塞夫朗蓬勃發展，兩國的差異日漸擴大，亞拉岡經常被貶低為蠻國。塞夫朗即使多次與航海強國卡斯提亞王國締結聯姻，卻從未與亞拉岡進行王室聯姻也是其中一個原因。

CHAPTER ✣ 08.

加入王室聯姻！

這不僅是自尊問題，也是亞拉岡的宿願。否則他們怎麼會只相信雅各布，二十多年來不停發動形同賭博的戰爭呢？

雅各布過了適婚年齡許久卻還沒結婚，是為了對亞拉岡王室展現誠信。

這對雅各布來說不是壞事。他一伸手總是有數不盡的妓女，還有對他暗送秋波的貴夫人們，所以身邊不缺女人，又可以讓亞拉岡王室以未來外戚的角色全力支援他，即使是戰爭也無所謂。

而且他不結婚這件事，也能稍微消除他加重的叛亂疑慮。

想要稱王的人，通常會透過親家姻親累積實力，但相比之下，雅各布對此毫不感興趣。所以即使國王和高堤耶認為雅各布有野心，卻沒想過要嚴加防備。

因此雅各布對他與亞拉岡的結盟關係感到十分滿意，也沒有任何一位女人足以讓他拒絕亞拉岡的好處，想娶為妻子。

比安卡也是如此，還不足以讓他放棄與亞拉岡的同盟……

雅各布很了解自己，他十分貪心，想要的東西都一定要得到手，但同時也很善變。現在想要得到比安卡的欲望讓他陷入瘋狂，但只要成功引誘她，雅各布心中的執念就會銳減。

萬一得到她之後還是想要她，那只要殺了扎卡里就好，反正雅各布一定要除掉他，因為他是比安卡的丈夫，也是高堤耶的長槍與盾牌。而為了殺掉扎卡里，和亞拉岡的合作也很重要，所以雅各布終究得與亞拉岡王國結盟。

『扎卡里死後，我能把變成寡婦的她收為情婦嗎？反正我也不打算和亞拉岡王女好好相處。』

區區一個亞拉岡的王女，要玩弄於掌心是易如反掌。這一切太完美了，雅各布嘴角露出陰險的微笑。

「利用弱女子是不像騎士，也不適合王子的身分……但身為一個要登上王位的人，這也是有可能的行動，不是嗎？所以大哥你才不行啊。出生為嫡子，受到父親的偏愛，王位卻因我而岌岌可危，都是因為你太正直了。」

不擇手段，就算手上沾滿骯髒的血，該利用的還是得利用。

無論是女人還是小孩，只有能利用一切的貪婪之人才能坐上王位。就讓高堤耶一個人裝清高吧。雅各布就是如此不擇手段，才能與亞拉岡結盟，王位也變得觸手可及。

CHAPTER ✢ 08.

一道陰沉的影子落在自言自語的雅各布頭上，幾乎遮掩住他耀眼的外貌。那是徹底出賣良心與名譽，賣國賊的影子。

＊＊＊

「這是我們這段時間住的地方。」

扎卡里帶比安卡來到他們的住宿處。

國王為來到首都的貴族準備了高塔，依據貴族的身分與權勢決定樓層與房間的華麗程度。扎卡里作為戰爭英雄名聲響亮，因此阿爾諾家被分配到相當不錯的房間。

有圓拱型的窗戶在壁爐的左右兩旁，床鋪擺在壁爐的不遠處。箱子上擺著軟墊，壁爐前還放著椅子，能夠取暖。牆上掛有壁毯，壁爐上還有裝飾性的雕刻。

必須度過幾個月的房間如此華美，比安卡的心情不禁好多了。僕人們似乎在比安卡和扎卡里謁見國王的期間將行李搬到這裡了，房裡能看見眼熟的箱子和用品。

「看到熟悉的東西，感覺就像在我們的城堡呢。」

熟悉事物帶來的安全感讓比安卡輕笑起來。她走到窗邊眺望外面的景色，與熟悉的房內景色不同，眼前比阿爾諾領地更為繁華的街景讓她感到陌生。

雖然因為雅各布的事，她有點後悔來到首都，不過相當滿意房間的比安卡重新恢復了好臉色。

「我們的城堡……幸好感覺很相似。」

扎卡里自言自語似的說道。比安卡沒發現他帶著猶豫的微妙語氣，左顧右盼地看過房間的每個角落，看起來就像在花叢間飛舞的蝴蝶。

「幸好有跟你一起來首都。」

「也幸好妳這樣覺得。」

只是看著比安卡開心的模樣，扎卡里就覺得胸口發燙又怦通直跳，也對自己只能給出木訥回答感到無奈。

就在這個瞬間，比安卡轉頭看向扎卡里。深邃的視線直勾勾地上下打量著他。看到比安卡突然看著自己，扎卡里的神情僵硬。毫無波動的表情下是個謹慎的男子，擔心著自己剛才是不是說了讓比安卡不高興的話。

其實比安卡只是看了扎卡里一眼，十分短暫，但對扎卡里而言卻像永遠一樣

CHAPTER ✣ 08.

漫長。比安卡不知道自己讓扎卡里感到緊張，若無其事地輕聲說：

「也幸好沒有把你的衣服帶來。」

「為什麼？」

「畢竟是首都吧，大家的穿著比想像得還華麗。如果你還是穿著以前那些衣服，可能會被人看不起。」

看到扎卡里完全摸不著頭緒的表情，比安卡輕笑了一聲。

扎卡里此時穿的服裝，是他的衣服裡比較好的了。全身黑看起來有些粗糙，但仔細一看，就會發現布料精緻，也有高級的花紋。

不過還是比不上高堤耶王子或雅各布王子的衣服。

他們的服裝大量使用紅色或紫色的高價珍貴布料，釦子也配合衣服，都以金飾與寶石加工。與扎卡里因為堅固耐用而穿的牛皮靴子不同，他們的鞋子是用柔軟的羊皮製成。

扎卡里皺著眉，銀灰色頭髮在眉毛上方擺盪。他似乎還是不懂自己的穿著有什麼問題。

「我一直都是穿那些衣服，也不曾被瞧不起。」

「或許是吧。」

聽到扎卡里嘴硬的反駁，比安卡也認同似的聳聳肩。誰會冒犯戰爭英雄扎卡里呢？

但在天高皇帝遠的地方，皇帝也是會被罵的。在他聽不見的地方，不知道會有什麼流言蜚語。

「是我會在意。」

比安卡走向扎卡里，兩人的距離僅剩咫尺。她再度看向扎卡里。

黑色衣服確實很適合他。被陽光曬得黝黑的皮膚，最好避開明亮的配色，不過銀灰色的頭髮感覺很適合白色衣服。

扎卡里的體格很好，似乎穿什麼都好看。就像現在穿的衣服，盡可能拿掉綴飾，選擇單一底色加上細碎隱約的花紋，比亮眼的色調更適合。

比安卡在腦海裡想著適合扎卡里的款式。扎卡里的肩膀與胸膛寬大，應該要用很多布料。

她不自覺伸出手輕碰扎卡里的肩膀與胸膛。扎卡里狠狠顫了一下，卻還是站在原地不動，沒有避開比安卡的手。

CHAPTER ✣ 08.

他的喉結明顯滾動著，但比安卡正在沉思扎卡里的衣服該如何搭配，沒有發現他的反應。

因為急著製作新衣，沒有時間訂製新的布料。既然得請人使用現有的布製作衣服，還是得找裁縫師來才能解決這件事。

比安卡沒有意識到自己無意間的舉動，笑著說服扎卡里。

「您是我的丈夫吧？我也希望大家對您只有讚賞，這幾天得叫裁縫師過來一趟了，要優先製作您的衣服才行。」

扎卡里說不出話，漆黑的眼睛一動，似乎想說什麼。

雖然如今比安卡也可以分辨出扎卡里的表情了，但很遺憾地，她還是沒有只看著他的眼睛，就能推測出想法的能力。

他覺得請裁縫師來訂製衣服很麻煩嗎？還是認為我小題大作？

就在比安卡為看透扎卡里的神情而孤軍奮戰時，他的表情又變回跟平常一樣，連針都戳不進去的生硬臉孔。

「……就照妳想的去做吧。但我希望妳今天在房裡休息。」

「我今天確實累了。」

比安卡嘆了一口氣。雖然一直坐在馬車裡無所事事，但旅行莫名地耗費體力。再加上謁見國王的時候久違地感到緊張，又為了雅各布的事費神，讓她的頭隱隱作痛。

扎卡里擔憂地望向比安卡眼睛底下的疲憊。要是他能稍微表現出這股心情就好了，但扎卡里依然用平淡的語氣說著，絲毫沒有表露出真心。

「妳休息吧，我去辦點事情就回來。」

「好。」

「快去休息啊。」

「我送您出去就去休息。」

儘管扎卡里勸阻比安卡，要她去休息，她依然堅持輕推扎卡里的背，目送他到門口。

扎卡里無法堅決拒絕態度積極的比安卡，因此放棄抵抗，乖乖被她推到門前。

「……那我們明天見。」

「好的。」

比安卡斜靠在門上，目送扎卡里逐漸遠去。扎卡里不太習慣比安卡送行，不

CHAPTER ✣ 08.

停回頭顧盼。那副模樣看起來就像被趕出家門的小孩，淒涼可憐，讓比安卡輕笑出聲。

『怎麼像個孩子……我好像也越來越大膽了呢。』

鐵血伯爵的稱號是扎卡里在戰場上得來的惡名。他散發出來的氣場絕不親切，讓比安卡第一次與他面對面時，一對上眼就嚎啕大哭。

這不只是因為比安卡當時幼小，所有與扎卡里對視的人都會下意識地畏縮。畢竟他穿梭於戰場，殺氣顯然早已融入骨子裡了。

她看到這樣的扎卡里，竟然覺得像個孩子！

比安卡自己也十分意外，自己已經往前跨了一大步。

為扎卡里的服裝費心客觀來說不是什麼大事，但代表著比安卡參與了扎卡里的生活。即使只有一點，也是意義非凡的事，感覺就像彼此適應、融入了他的生活。

起初比安卡只是想盡辦法，無論如何都要誘惑他、懷上他的孩子，但隨著時間流逝，與扎卡里培養感情的日子也感覺非常有趣。

這是好事。以後還要一直跟他一起生活，夫妻之間的關係輕鬆愉快當然比心存芥蒂好。

但只是覺得有趣而已。那是一種不足以斷言為有趣，模糊不清的感覺，離夫妻之間的愛情還十分遙遠。

不過相較於勉強站在他面前的時候相比，無疑邁進了一步。

現在與去年冬天相比有很多事改變，這都是比安卡沒有放棄，一直糾纏扎卡里的成果。比安卡稱讚自己一番，再次鼓足勇氣。

無可奈何的是，現實中的高牆終究使她的信心挫敗。

『不跟我睡同一個房間有點令人受到打擊啊。』

這次來首都時，比安卡內心期待著能與扎卡里使用同一個房間。無論扎卡里再怎麼對自己沒興趣，終究是個男人，只要身體相貼，總有一天會點燃欲望之火吧。

其實直到他說要去辦完事時，比安卡都沒放棄希望，因為說不定扎卡里晚上會再回來。

但他說明天見？到頭來他的房間在另一個地方。

仔細想想，扎卡里在馬車裡也斬釘截鐵地拒絕與她一起過夜，不可能到了首都就像翻書一樣突然改變態度。畢竟扎卡里一向固執，只要決定好就會堅持下去。

CHAPTER✢08.

『該不會要保持這種距離好一陣子吧。倒不如期待雅各布的出現可以幫到一點忙……』

比安卡咂嘴一聲，想起扎卡里明顯戒備雅各布的唐突舉動。想要改變停滯不前的關係，來自外力的刺激本來是最好的辦法。如果沒有和雅各布牽扯上關係也就算了，既然他注意到自己了，利用他也是不錯的辦法。

『騙他雅各布喜歡我怎麼樣？可以引發他的嫉妒，女僕們也說過，嫉妒是讓男人主動的特效藥……』

不過比安卡不知道該怎麼做，才能不著痕跡且自然地傳達這件事。她深深嘆了一口氣。

『沒必要特意說謊，假裝他喜歡我。老實說，我也不敢保證伯爵會嫉妒……還是會覺得雅各布想在政治上拉攏我？不行，風險太大了……萬一平白讓伯爵對我起疑心就糟了。』

比安卡頭昏腦脹的。但現在最重要的就是雅各布「必須展開行動」。如果他什麼都不做，這就是毫無意義的想像。

『可是在腦海裡想像是我的自由。反正我還有很多時間。』

比安卡埋頭苦思，該如何更有效運用現在的情勢，連伊馮娜端著晚餐走進來都沒發現。

但即使她認真思考，也想不出明確的答案，反而因為長途旅行的疲勞以及突然用腦過度而發燒。

最後比安卡因為不舒服與頭痛而病倒，只能一動也不動地待在房間裡，眼睜睜看著時間消逝。

＊＊＊

與比安卡分別的當下，扎卡里面無表情，但混雜著為難與悸動，露出有點人性的神情。但距離比安卡越來越遠，他的表情又變得凝重，甚至有了殺氣。

扎卡里立即召集副將們，他們也在短時間內迅聚在一起。去謁見國王的扎卡里十分嚇人，讓副將們擔心發生了什麼事。

『難道領地發生了什麼大事嗎？』

『應該不是亞拉岡突然進犯了吧？今天才抵達首都，就算是我們，也很難馬

CHAPTER ✢ 08.

上統整軍隊出征啊……』

『如果國王說調漲稅金就真的糟糕了。』

就在每個人神經緊繃的時候，扎卡里緊閉著的嘴張開了。

讓扎卡里不滿的事不是領地、戰爭或稅金問題，而是他們完全沒想過的問題——二王子雅各布。

「您是說……雅各布王子嗎？」

「對。他看比安卡的眼神很奇怪，不知道他會做出什麼事，你們要多注意。」

扎卡里平靜地描述今天在謁見室裡發生的事情，臉上浮現熊熊燃燒的怒氣。在戰場上都鮮少見到他這麼激動的模樣，讓副將們都嚥下一口口水。

雅各布看夫人的眼神很奇怪？

雅各布與比安卡，這是完全不曾想過的組合。

這倒也是，雅各布是繼承塞夫朗王室血脈、相貌出眾的未婚美男子，簡單來說就是塞夫朗最搶手的新郎候選人。

因此他身邊總是圍繞著女性，是不曾為尋找床伴煩惱的男人。

這樣的人為什麼會注意比安卡？

當然比安卡也是外貌迷人的女人，然而作為雅各布的政敵妻子，沒有特別到會引來目光的程度。雖然對不起主君扎卡里，但他們懷疑這或許是扎卡里的錯覺。

需要更詳細了解狀況。羅貝爾觀察著扎卡里的神色，悄聲提問：

「二王子究竟為什麼會對夫人……」

「可能是為了故意挑釁我，否則……總之他當時確實注視著比安卡。」

扎卡里不悅地抿起嘴，再次想起雅各布望向比安卡的眼神，心裡就不是滋味。那雙眼睛裡明顯帶著欲望，即使扎卡里在旁邊看著，那赤裸的視線還是直看向比安卡。

扎卡里含糊其詞，不想說出「雅各布在覬覦比安卡」這種話，但他發現光是這麼說，沒辦法完全將情況傳達給遲鈍的部下們，扎卡里嘆著氣補充道：

「他還對比安卡說，有不方便的地方就跟他說這種奇怪的話。」

「什麼？到底為什麼？」

「……」

「他什麼時候跟我們的關係這麼親近了？」

他們終於明白事態的嚴重性，不約而同地皺起眉頭。扎卡里看著異口同聲對雅

CHAPTER ✢ 08.

各布表露出敵意的三位副將，神情也很沉重。

就算是扎卡里也沒預料到雅各布會這麼做。

雅各布認為自己活在高堤耶的陰影之下，無法獲得正確的評價，很討厭讓高堤耶更加耀眼出色的扎卡里。扎卡里身為高堤耶的親信，扎卡里打贏的每一場勝仗等同於高堤耶的功績。

每次在首都或戰場上遇見扎卡里，雅各布的陣營總會處處找麻煩，因此扎卡里本以為他見到比安卡的時候，會講一、兩句討人厭的話。

但他這次的言論不只討人厭，到了令人憤怒的地步。如果他的目的是惹火扎卡里，那非常成功。

當然，雅各布的那些行為可能不是單純在演戲，而是真的喜歡上了比安卡。無論是哪一種都令人惱怒，對扎卡里而言，這兩者沒有區別。

不，他寧願是前者。後者連想都不願意想。

「他究竟有多看不起阿爾諾家，居然這樣糾纏夫人？」

大概是不管怎麼想都覺得荒唐，就連對夫人的事一律袖手旁觀的羅貝爾也怒氣沖沖。

索沃爾咂嘴一聲，雖然他說過到首都後，可能會有其他人像蒼蠅一樣圍繞著夫人，但竟然是二王子？這個人選實在出乎意料。

加斯帕德一如既往地保持沉默，緊抿著的嘴角也透著幾分焦躁。

「加斯帕德，萬一比安卡遇見雅各布，就立刻將比安卡帶回住處。」

「是，我知道了。」

聽到扎卡里的命令，加斯帕德順從地點頭。

加斯帕德雖然沉默寡言，也是一樣誠實憨直的人。扎卡里沒辦法整天陪在比安卡身邊，只有加斯帕德能減輕他的擔憂與不安。

在旁邊觀察事態的索沃爾輕聲詢問：

「伯爵大人早就預料到事情有可能會變成這樣了嗎？」

「預料到什麼？」

「夫人說不定會遇到需要護衛的狀況，而且是需要我們隨伺在側的程度。老實說您當初說要為夫人安排護衛的時候，我還覺得有點莫名其妙。」

「即使沒有發生這種事，她還是需要護衛。畢竟在首都，誰也不知道會發生什麼事。」

CHAPTER ✢ 08.

扎卡里平靜地回答後，索沃爾點點頭。不用想太多，光是今天發生的事就足以讓人意識到，在首都可能會發生意料不到的事。

扎卡里咬緊牙。

問我是否有預料到事情會變成這樣？早知道會發生這種事，我一開始就不會帶比安卡來了。

邀請比安卡一起來首都的時候，他只是想帶她出來呼吸外面的空氣而已，安排護衛也不過是怕她發生意外的一番苦心……

當時的扎卡里，根本沒想過雅各布的存在會帶來麻煩。

他握著窗框的手背上浮現青筋，怒火中燒的扎卡里身後，掛著畫有阿爾諾家徽的壁毯，阿爾諾家的家徽——黑狼，是被稱為鐵血伯爵的扎卡里的另一個稱呼。

將侵犯自己地盤的人，全數撕咬粉碎的戰場黑狼！

必須讓這位不知分寸的王子知道，這個稱呼不是隨便得來的。

而且狼有著過人的耐心，只等著能確實讓敵人斷送性命的那一瞬間。扎卡里的眼裡散發銳利的光芒，宛如精心磨過的刀刃。

＊＊＊

躺在床上的比安卡不斷冒著汗，圓潤白皙的額頭上冒出的汗粒，濡溼披散的劉海。

伊馮娜將白色亞麻布用水浸溼，不斷替比安卡擦汗。看著痛苦呻吟的比安卡，伊馮娜不斷發出焦急的低吟。

在半掩的眼皮底下，比安卡淡綠色的眼睛緩緩轉動。視線的另一端，她看見扎卡里。他從什麼時候開始站在那裡的？

直挺挺地站在角落，用陌生的表情低頭看著比安卡的模樣就像死神。陰影落在漆黑的瞳孔上方，如同死神凹陷的眼睛。

比安卡的嘴角輕輕上揚，嘴唇張開。平時看起來柔軟水潤的雙唇變得粗糙乾裂。

「……要叫裁縫師來才行。」

「等妳身體好了就儘管叫，妳想要什麼我都買給妳。」

比安卡微弱的聲音就像風中殘燭。扎卡里擔心她每說一句話都過於費力，著急

CHAPTER ✣ 08.

地回應。果不其然，比安卡還沒說幾句話就咳個不停。

原本為了不妨礙比安卡和扎卡里說話而退後的伊馮娜慌張地靠過來，但扎卡里搶先了一步。

站在角落的扎卡里不知道什麼時候走近的，搶過伊馮娜手中的手帕，走向比安卡。

隔著柔軟的絲綢手帕，比安卡可以直接感受到扎卡里粗魯的動作。彷彿握住雞蛋般戰戰兢兢，卻又像僵住一樣定在那裡，一動也不動。他的手讓比安卡感到不自在，卻沒有力氣推開，只能靠著他的手咳嗽。

不知道咳了多少次，終於不再咳嗽的比安卡神情疲憊，露出淺淺的微笑，看向扎卡里。

「不是我的衣服，是伯爵大人的。」

「……」

扎卡里皺起眉。緊蹙的眉頭下，深邃的眼睛裡燃燒著怒火。他很生氣。不是對別人，是對自己生氣。自己的打扮究竟有多邋遢，讓比安卡在病中還掛念著？

他對外表一直以來都不太在意，都是隨便穿上文森特準備好的衣服，看來這是個錯誤。

難道比安卡以前看到扎卡里總是沒有好臉色，也是因為他的打扮慘不忍睹嗎？扎卡里驍勇善戰，馬術無人能出其右，涉獵所有武器及兵法。對領地的稅率很有想法，對農耕之事也一定的了解，領民對他都很滿意。

不過也僅止於此。扎卡里通曉的都只是自己世界裡的事，對於比安卡的世界根本是門外漢。

雖然如果沒有文森特的協助，他可能連這種程度也做不到，但一想到連文森特都無法讓比安卡滿意，一顆大石就沉沉地壓在扎卡里的心上。

到目前為止，無論比安卡想要什麼，我都盡力滿足她了——這種想法不過是扎卡里的自以為是罷了……

當扎卡里消化著對自己的怒氣時，比安卡誤以為扎卡里是在對她生氣。

但她完全找不到理由。即便自己不太了解扎卡里，但也知道他不是會對生病的女人生氣的人。訂製新衣服對他而言，是厭惡到難掩不悅的事嗎？比安卡縮起肩膀，小心翼翼地說：

「量身訂製新衣服雖然很麻煩……但您需要準備幾套好衣服。」

CHAPTER ✢ 08.

「我不覺得麻煩。只是妳在生病還讓妳擔心這種事情，讓我很愧疚。妳不用掛心我的衣服。」

生硬卻充滿真心的回答。比安卡得知他不是在對自己生氣，放心地長吐出一口氣。

她再度看著扎卡里的臉色。這是一件令人非常疲倦的事，尤其是在渾身難受、病懨懨的情況下。頭腦昏昏沉沉的，沒辦法靈活思考……說不定連扎卡里看起來在生氣的樣子也是她的幻覺。

然而，不懂得察言觀色的扎卡里連喘息的機會都不給比安卡。他對著緩緩吐氣的比安卡，拋出宛如晴天霹靂般的話。

「再過幾天，布蘭克福特家也會抵達首都。希望妳能在那之前好起來。」

「啊……」

扎卡里原本是擔心比安卡才提起這件事，她卻像後被人偷襲一般震驚。布蘭克福特家也是名門望族，當然會來參加王室婚宴這樣的大事。她怎麼從來都沒想到呢？

扎卡里看著發愣的比安卡，擔憂地問：

「妳怎麼了？」

「沒事，我從來沒想過會見到面。」

聽見比安卡帶點苦澀的低喃，扎卡里不明白其中緣由。他以為可以見到父親，比安卡一定會很高興，但她為什麼如此猶豫？

『該不會是擔心我會反對？對，有可能是這樣。因為我這十年來都是不曾讓她回去娘家的無情丈夫……』

縱使扎卡里有千百個辯解的理由，但是對與家人分開度過十年歲月的比安卡來說，那些理由都毫無意義。扎卡里在比安卡面前低下頭，像在向她請罪。

「那是妳的娘家人，當然可以見面。妳來阿爾諾家已經十年了，很抱歉這段時間都沒讓妳回家看看，我怎麼能阻止妳和父親見面呢？」

「不，不是這樣。不是因為您……」

比安卡看著扎卡里寬大的肩膀在自己面前瑟縮起來，慌張地揮揮手。但手臂沒辦法出力，伸出手幾次都立刻掉到床上。身體虛弱的她因為情緒激動，喘不過氣來。

「布蘭克福特伯爵肯定也很想見到妳的。」

CHAPTER ✢ 08.

「……是嗎？」

「當然了。」

「我沒有信心。」

睽違十年見到家人，比安卡卻一點也不開心，反而明顯地抗拒。她又不像扎卡里是被兄長趕出來的，七歲就離開家的比安卡為什麼會排斥自己的家人呢？

扎卡里毫無頭緒，將他心中的疑惑如實問出口。

「妳不想見父親嗎？」

「不，不是的。」

扎卡里的問題太過直接了。這種話可以說得更委婉啊，比安卡露出苦笑。

與父親分別十多年，如果加上重生前的時間，差不多超過三十多年了。比安對父親懷著無法明確定義的情感。

懷念、不捨、疏離……

還有被拋棄的記憶。

比安卡和扎卡里結婚、離開布蘭克福特府邸的時候，父親對她嚴正的囑咐聲在她耳邊嗡嗡作響。

無法忘記的那些話，正是讓年幼的比安卡不曾吵著說想回去布蘭克福特家的原因，使她唯一收到的信是家人的訃聞。即使重生，也未曾找過家人的原因……

『妳現在是阿爾諾的人了，作夢都別想回來布蘭克福特家！如果妳回來，我會直接把妳趕出去！』

嚴厲的命令猶在耳邊。想起這道將她趕出布蘭克福特府邸的聲音，比安卡就像被掐住脖子一般，感到窒息。她擠出不自然的笑，扭過頭，蒼白的手指毫無來由地搓揉著另一隻手背。

「我只是……不確定父親會不會歡迎我。」

平常總是抬頭挺胸，站得筆直的比安卡難得反常地沒有自信，臉色慘白。扎卡里知道這並不只是因為她身體不舒服。

扎卡里皺起眉，烏黑的瞳孔滿是痛苦地凝視比安卡。他從比安卡反常的模樣看到了自己，那是父親過世後，被大哥驅逐的十六歲扎卡里，當時被世上所有一切拋棄的自己。

布蘭克福特伯爵不是心腸如此歹毒的人。只是有點嚴格和冷漠，身為貴族而有令人感到壓力的一面，但也與強取豪奪沾不上關係。

CHAPTER ✢ 08.

他是值得領民們信任的領主，也是塞夫朗王室忠誠的家臣。這並不是因為他是岳父而給出的讚賞。

他真的是以塞夫朗為天的忠臣，甚至為了鞏固具有正統性的大王子權勢，將自己七歲的女兒當成婚姻交易的祭品。

但好伯爵不一定是個好父親。扎卡里相信如果他是個好爸爸，比安卡不可能會有這種反應。

兩人靠得很近，甚至可以看到比安卡的睫毛微微顫抖著。這可憐的樣子讓扎卡里怒火中燒，他斬釘截鐵地說：

「如果不願意，也可以不見他。」

「可是……」

「妳不需要做任何違背意願的事。」

自從比安卡來到阿爾諾家，扎卡里就盡心盡力地照顧她。有想吃的料理就讓她吃到，有想要的東西就買給她，免除她所有義務，只賦予她權力，是他如此捧在手心呵護的妻子。

即使扎卡里作為丈夫有很多不足之處，但他沒有無力到在這種情況下沒辦法保護比安卡。

他不知道比安卡為什麼如此抗拒娘家布蘭克福特家，但扎卡里認為就算只是微不足道的理由，只要她不願意見到自己的家人，就不需要勉強。

如果扎卡里阻止比安卡與布蘭克福特家見面，對方或許會抗議，畢竟對他們來說，比安卡是嫁出去的年幼女兒或妹妹。不過扎卡里無所謂，這種程度的不滿他也完全能夠承受。

扎卡里的眼神宛如守護自己族群的狼，閃爍著危險的光芒。漆黑的目光殺氣騰騰，彷彿連身旁的比安卡都倒抽了一口氣。但比起這股殺氣，緊緊擁抱她的動作是更大的安慰。

從以前開始，所有人都只要求她去做什麼。身為伯爵千金的義務、伯爵夫人的義務、淑女的義務……她因為沒辦法完美做到這一切，被指責為沒有用的存在。

扎卡里是最有資格要求她履行義務的人，但他卻親口說出「妳不需要做任何不想做的事」這句話，這對她來說不曉得是多大的安慰！

比安卡的心理負擔頓時減輕不少，能更冷靜地觀察情勢。她不能永遠躲著家人，得見一次面才行，而這次就是最好的契機。比安卡緊緊抓住棉被，用帶著決心的堅決口吻低語：

「……不，總不能一直躲著他們。」

所以對比安卡而言，伯爵是得躲避的對象嗎？扎卡里的這個疑問湧上喉頭，但當然他知道這句話不能問出口。

「就照妳的意思去做吧。但首先，妳要好起來。」

「還要訂製您的衣服。我不想聽到別人說我欺負您。」

比安卡微微一笑，抬頭看著扎卡里。眼見氣氛好轉到她能開玩笑，扎卡里也與她相視而笑。但他放不下對比安卡的擔憂，這道笑容有些笨拙。

＊　＊　＊

不知是幸還是不幸，布蘭克福特家抵達首都時，比安卡已經可以下床了。雖然離開了病榻，臉色還是很蒼白，扎卡里面露擔憂。

「之後再去見他吧？」

「他也是伯爵，應該很忙。都為我們來到這裡了，與其修改約定給他們添麻煩，不如快點見面。」

聽到比安卡的語氣泰然自若，扎卡里的眼裡閃著憐惜的光芒。伯爵再怎麼公務繁忙，也不可能覺得和十多年未見的女兒見面很麻煩。

布蘭克福特伯爵和比安卡之間究竟發生過什麼事？儘管心裡困惑，扎卡里也實在問不出口，默默看著比安卡梳妝打扮。

她用粉色的粉末讓沒有血色的臉頰增添活力，稍微垂下的睫毛輕輕搧動，在眼睛下方落下影子，宛如蝴蝶振翅，讓扎卡里不自覺直盯著比安卡看。

比安卡的思緒相當紊亂。嘴上說做好了心理準備，還不成熟的心卻焦慮不安。準備好的比安卡從座位站起來，身體搖搖晃晃，如風中的蘆葦一樣搖曳不穩。

扎卡里大步走向比安卡，向她伸出手。

現在的比安卡已經習慣這樣的護送，毫不猶豫地把手放到扎卡里的掌心。扎卡里的手心感覺到微弱的重量，就像一隻小鳥坐在手上。

比安卡在扎卡里的帶領下，走向父親與哥哥等著的接待室，心跳加速地走完這段不算遙遠的路。

比安卡走進接待室。在房間裡等待的是一位上了年紀、頭髮花白，但身姿挺拔

CHAPTER ✢ 08.

的男子，以及看起來剛成為不入流騎士的年輕男人。

這兩個人分明是她的家人，回憶中卻已然模糊不清……要與從記憶中消失的全家福肖像畫與現在的樣貌進行對照，也需要花費一段時間。

他們是長這樣嗎？比安卡目不轉睛地看著他們。

已經好幾十年了，在上一世的人生中，比安卡結婚後就再也沒見過父親和哥哥，只有收過兩封信——她哥哥若阿尚，以及父親古斯塔夫的訃聞。

收到古斯塔夫的訃聞時，比安卡還無法完全理解父親死亡的意義。雖然她對死亡感到遺憾而流下眼淚，但也僅止於此。

當時的比安卡無法立刻意識到有什麼事情變了，反正他只是沒什麼見過面，在回憶中也很少出現的父親。

一直到比安卡被逐出阿爾諾家的瞬間，她才明白古斯塔夫的存在有多可靠。父親是如此可靠的後盾，如果父親還健在，那些人怎麼能就這樣把自己趕出去？如果父親還健在，父親會……

然而，這些都是無用的吶喊，能保護她的人一個都不剩了，她應該獨力承擔起自己犯下的錯誤，以及隨之而來的報應。比安卡因此明白了一件事，如果她想要做自己，就必須採取行動。

比安卡的視線看向布蘭克福特伯爵古斯塔夫。是那個時候如此拚命吶喊，最後什麼忙也幫不上的父親。

比安卡一進入房內，模樣比記憶中更衰老的古斯塔夫立刻站起來，面露喜色。

「比安卡。」

「……好久不見了，父親、哥哥。」

「妳真的長大了呢。跟妳母親簡直一模一樣。」

「……」

聽到古斯塔夫親切又充滿思念的語氣，比安卡不知道該如何回答而保持沉默。她認識的父親不是這樣的人。

父親總是堅決嚴厲，徹底遵守身為貴族的品格與禮數。而他也是這樣教導女兒的。

扎卡里本想為了讓他們一家團圓而離開，但當他的手悄悄收回，比安卡突然用力握住他的手。扎卡里嚇了一跳，低頭看著比安卡。

比安卡的側臉冰冷無情得可怕。這似乎是她自己都沒察覺到的反射動作。最後

CHAPTER ✢ 08.

扎卡里牽著比安卡，站在接待室裡，看著她與布蘭克福特家重逢。

「太久沒見面了，看來妳很怕生啊。」

比安卡無法隨意開口回應的樣子，反而讓布蘭克福特伯爵很驚慌。在政治上不曾表現出一絲動搖，行事果斷如利刃又鐵面無私的伯爵看起來有點焦急，就像在看比安卡的臉色。

結婚當時還是個小孩子，如今卻已長大成人了。也許是不知道該怎麼面對長大了的女兒。

比安卡也同樣感到苦惱。他們父女的關係本就不親近，古斯塔夫在最後道別時對她說的每一句冷酷的話，至今仍像桎梏，留在比安卡心裡。

「阿爾諾伯爵對妳好嗎？」

「……是的。」

「但妳的臉色怎麼變得這麼蒼白？皮膚也很慘白。」

「……」

所以古斯塔夫的問題讓比安卡備感壓力。

他是真的在擔心我嗎？比安卡的心中浮現一連串激動的反駁。但古斯塔夫對此一無所知，安撫似的對比安卡說：

「妳奶媽過世的時候，我有收到通知。妳一定很傷心吧？」

「……」

「但妳沒有說要回家，好好堅持下來了。爸爸很高興。」

這一刻，比安卡的心裡有什麼爆發了。彷彿一刀刺進膨脹鼓起的豬心，噴湧而出的血液直衝腦門。她的眼神變得淩厲，剛才連聲音都發不出來、緊抿著的雙唇吐出狠毒的氣息。

「是您當初就不准我說要回來的吧。」

「……比安卡。」

「您也不希望我回家吧！是您對我說！妳現在是阿爾諾家的人，要死也得死在阿爾諾家的吧！」

比安卡細微的低喃最後變成滿是沉痛的呼喊，瞪大的淡綠色眼睛毫無水氣，發紅滾燙。

她不禁緊握住扎卡里的手，那對扎卡里而言是毫無感覺，宛如雛鳥揮動翅膀的力道，卻能從她緊握住的手心感覺到無法揮去，宛如烙印的熱度。

CHAPTER ✣ 08.

比安卡鮮少如此露骨地顯露出情緒。再加上她說出口的話，扎卡里睜大雙眼。

比安卡晚了一拍才發現自己說了什麼，臉上失去血色。原本用力抓住扎卡里的手瞬間失去力氣，身體搖晃。

一旁的扎卡里伸手扶住她，她則靠在扎卡里的懷裡喘著氣，回想著自己盛怒之下犯的錯，緊緊閉上眼睛。

那是比安卡絕對不想讓扎卡里知道的事。

『妻子被娘家警告不准回來，這意味著不管丈夫怎麼對待我，我都無力反抗啊。』

現在發生的事，讓扎卡里得到了對比安卡為所欲為的權力，古斯塔夫就是把比安卡逼上了多踏出一步就會摔落的懸崖邊。

自己因為一瞬間的激動而做出了愚蠢的選擇，自責的比安卡身體微微顫抖。

「比安卡……」

古斯塔夫啞口無言，茫然地看著在扎卡里懷裡氣喘吁吁的比安卡。

他完全沒想到女兒是那樣想的。不，這是在自欺欺人，明明是自己說的話讓女兒產生了那種想法……

他從沒有想過女兒會如此聽從他說的話，在孤獨又痛苦的情況下，為了聽從他的話，一個人多努力地忍住眼淚。

比安卡這孩子比他想得還堅強。如果是其他孩子面臨這種困境，早就哭著跑回家了，但她還是不屈服，將悲傷吞進肚子裡。

古斯塔夫只是希望比安卡不要在陌生的地方撒嬌說要回家，才嚴厲地說了那句話，因為當時可以照顧比安卡的大人只有奶媽珍妮。雖然她是個孩子，如果總是吵著想回家，很快就會被拋棄了。

但過了一年、兩年，即使他收到奶媽珍妮的訃聞，也不曾收到比安卡捎來的連絡。

『我應該先主動去見比安卡才對……』

然而一切都為時已晚，古斯塔夫逐漸失去勇氣。過去愚昧的選擇此刻才像迴旋鏢一樣回到眼前，貫穿古斯塔夫的心。

他看著比安卡那雙與早逝的妻子如出一轍的眼睛瞪著自己，那雙眼裡的敵意讓他發出沉痛的低吟。

不只是古斯塔夫，比安卡的哥哥若阿尚心中也感到罪惡感。

CHAPTER ✣ 08.

小時候，若阿尚與年幼的妹妹相當要好，在比安卡的婚事訂下來後，比起這個會因為蛋糕被搶走而哭鬧的妹妹，反而更關心即將要成為妹婿的阿爾諾伯爵。

他對這門婚事舉雙手贊成。當時的阿爾諾男爵是同一代年輕人心中的偶像，他理所當然地認為妹妹會過著富足的生活，但這是不經思考，盲目又安逸的想法，因為這樣想會輕鬆許多，自己不需要多費心。沒有消息就是好消息，他認為妹妹肯定過得很好。

但此時見到的妹妹……會因為蛋糕被搶走而放聲大哭的愛哭鬼妹妹早已消失無蹤。雖然比安卡的怒容激動，卻像精緻的冰雕般冰冷尖銳，將一切徹底封印在裡面，只有淡綠色的瞳孔散發著光芒。

若阿尚意識到自己至今都裝作不認識她，忽視妹妹的事實，胸口就像被緊揪住一樣發疼。他不敢直視比安卡，低下頭。

比安卡見到兩位布蘭克福特家男子如此慘澹的模樣，內心開始動搖。她原本以為自己很久沒見到他們了，以為內心會像石頭一樣，不受到任何影響，但那只是錯覺。只是看到他們在自己面前如同罪人般低下頭，淚水就毫無來由地湧上眼眶，比安卡的眼裡溼潤，但她用力睜大眼，不讓眼淚掉出來。

「我很想對妳說，隨時歡迎妳回家，但我希望妳好好適應阿爾諾家……所以才那麼冷酷無情。」

古斯塔夫吃力地說著。挺直地站在他面前的比安卡，散發出無人能比的貴族氣質，而他對此卻沒有任何付出。如果知道比安卡會長成這麼出眾的人，他就不會如此無情地不管她了。

現在後悔也太晚了，他能做的，只有盡力彌補已經破裂的關係。

「明明不需要說那種話，妳也會是很棒的孩子啊。」

古斯塔夫尷尬地笑著。硬是扯動的嘴角旁出現凹陷的皺紋，顯現出流逝的歲月。那笑容平凡得不能再平凡。

但就在這個瞬間，比安卡回想起上一世連最後一面都沒見到就離開的父親。

『那時候的父親擔心過我嗎？還是像現在這樣，相信我能自己撐下去呢？』

過去的比安卡雖然覺得父親對自己有點漠不關心，但也不怎麼在意。雖然他那句不要想回去布蘭克福特家的話確實傷了她的心，不過珍妮開導過她好幾次，貴族間的聯姻本來就是這樣，所以不用非得見面，只要知道父親還健在就夠了。

是啊。

CHAPTER ✣ 08.

過去的比安卡雖然像被父親拋棄似的賣到阿爾諾家，但她還是愛著家人。比安卡的胸口發疼，自己極力想掩蓋的過往碎片突然冒了出來。

他們太久沒有見面了。這段時間彼此能做的事，就只有將所有情感堆積在心中。

尤其是比安卡，她甚至必須承受家人們的死亡。透過書信傳達，她只能遠遠望著，疏離的死亡。

比安卡的哥哥若阿尚戰死後，古斯塔夫也拖著年邁的身體上戰場。是復仇？還是自暴自棄？古斯塔夫是個天生的文官，對戰爭一竅不通，這樣的他決定上戰場，肯定是想追隨若阿尚的腳步而去。

如果古斯塔夫真的在乎比安卡，就不會輕易踏上戰場才對。如果他是如此聰穎賢明的父親，他就該知道自己離開後，在這個沒有任何勢力能保護比安卡的世上，被孤單留下的她會如何受盡折磨而死。

比安卡對布蘭克福特伯爵的怒氣不單只有一個原因。層層堆疊起來的所有情緒，複雜地纏繞動搖著她。

她沒辦法對阿爾諾領地產生感情，也沒有可以回去的地方，就是如此寂寞才會為費爾南著迷。與心愛的費爾南一起治理布蘭克福特領地，曾是支撐比安卡唯一的希望。

「……我……」

比安卡嘴裡流洩出來的聲音很細微，卻吸引了房內所有人的注意。

她的目光迷茫，失去焦點。其實比安卡也摸不清自己的心意，如實表露出混亂。她的心宛如在風中擺盪的蘆葦，在憤怒與喜悅之間搖擺不定，而在這期間不自覺說出口的話，想必就是她一直以來深藏的真心。

「只是，很想你們……」

「比安卡……」

忍耐至今的淚水就像潰堤般，流下比安卡的臉頰。比安卡的頭髮滑過纖細的頸項，流瀉而下。

古斯塔夫伯爵走近比安卡，向她張開雙臂。比安卡啜泣著投入父親的擁抱，若阿尚也來到他們身邊，臉上也一樣滿是眼淚。

彼此接納、理解不需要過多話語。話語能解決很多事，但有時候是多餘的。

例如現在這一刻。

CHAPTER ✢ 08.

＊＊＊

扎卡里遠遠注視著比安卡與布蘭克福特的男人們解開誤會。他之前有稍微推測到比安卡因家人而痛苦，如今眼前的結果，讓扎卡里放心下來。

他從未想過比安卡是被這麼無情地推到他身邊。這種恐懼想必讓比安卡更不敢對扎卡里敞開心扉……畢竟這就等於被父親逐出家門。

幸好現在布蘭克福特伯爵重新接納她，願意修正過去的錯誤。無法被家人接納、拒之門外的人只有自己一個人就夠了。

但與此同時，扎卡里的心中某處卻毫無來由地隱隱作痛。

與他們隔著一步的距離，扎卡里感覺這就是他被安排的位置。

你還無法加入這個圈子裡，因為你不是真正的家人……

扎卡里仍未與比安卡圓房，所以算不上真正的家人，假如他們要求退還比安卡的嫁妝，他也無話可說。事實上，比安卡不也用類似的藉口拒絕叫他老公嗎？

對比安卡而言，扎卡里是「阿爾諾伯爵」。

現在比安卡是自由的。而扎卡里尊重這分自由，畢竟她才十七歲。

十七歲與十八歲並不像一刀劃開，有確切明顯的界線，但扎卡里認為透過這年紀的差異帶來的神聖儀式，能讓他在夫妻關係中獲得正當性。

他相信兩人的婚姻不是交易，可以成為相互尊重、彼此敬愛的夫妻。

而「自由」一詞，也一樣代表著背負諸多危險的責任，唯一的差異是承擔責任的人不是比安卡，而是扎卡里。這也無可奈何，背負與她有關的那些責任，都是她的丈夫，比她年長的扎卡里的義務。

至今比安卡提起繼承人，就算扎卡里拒絕還是不屈不撓的原因，就是她認為布蘭克福特伯爵不願意接納她。

但如今情況不一樣了。布蘭克福特伯爵見到久違相逢的女兒，內心產生了動搖，即便她說想和扎卡里離婚，伯爵也一定會欣然答應。因為扎卡里就算和比安卡離婚，也一樣是大王子派的人。十年的時間足以充分了解一個人的為人，而布蘭克福特伯爵也早就了解扎卡里是怎樣的人了……

現在的比安卡只要想回家，隨時都能回到布蘭克福特家。假如她要離開，扎卡里沒有任何理由挽留她。

當扎卡里意識到這一點，他頓時感到口乾舌燥，雙手緊緊握拳到發顫，手背上浮現青筋。

萬一比安卡真的愛上別的男人，那我……

『老實說，夫人看起來沒有很喜歡伯爵大人，您卻連同房都不願意，這是哪來的自信？』

出發來首都前索沃爾對自己說的話，在扎卡里心中泛起漣漪。當時不以為意，認為不可能的事此刻就近在眼前。

扎卡里感覺自己像個外人，突兀地站在其他地方，內心陷入深沉的混亂中。接待室裡交談的聲音就像耳鳴一樣，在他耳邊嗡嗡作響。他感覺就像硬生生遭到切割，被挪到了不知道什麼地方。

在那之中交錯傳來的，是他自己的聲音。

『她不可能離開我的。只要我再表現得好一點……她沒有非得離開我的理由啊，我們都撐過十年了。』

『你確定嗎？』

『……』

『沒必要感到不安。比起相信她，不是有更有效的方法嗎？立刻抱她就可以了，這樣她就會完全臣服於你。』

『不行！』

『為什麼不行？她是你的妻子，還想要懷上你的繼承人……完全沒有理由拒絕啊。你只要放下那沒出息的自尊心就好了。互相尊重？彼此敬愛的夫妻？如果你這麼有信心，那你現在在胡思亂想什麼呢？』

腦海裡彷彿有個惡魔，在扎卡里耳邊不停說著甜蜜誘惑的話，眼前的地面像發生地震一般晃動。他修長健壯的身軀即便在劇烈搖晃的戰馬上也能敏捷地保持平衡，此時卻受到衝擊而蹣跚踉蹌。

扎卡里不斷深呼吸，試圖找回理智，他在模糊的視野看到比安卡，因為許久沒見到父親而流淚的她，彷彿在黑暗中獨自閃耀光芒……

一直以來，扎卡里都認為只要自己堅定信念就沒問題了，現在卻發現再也不能只相信自己的自制力與耐性，繼續堅持下去。

一度冒出頭的欲望與不安想必會不停折磨他。無論再怎麼斬除念頭，又會再次滋長。

扎卡里緊咬著牙。

CHAPTER ✢ 08.

『這都是惡魔想要擾亂我的胡言亂語……如果我現在忍不住占有她……我一定會傷害到她。我還可以忍耐，我可是扎卡里‧德‧阿爾諾啊。我能從地獄般的戰場活著回來，就是因為我有足以承受所有痛苦與折磨的耐力。這份耐力也會拯救我的人生，以及比安卡和我的未來……』

此時，比安卡回頭望向他。滿是淚水的臉龐露出燦爛的笑容，看起來十分美麗。

扎卡里想對比安卡微笑。他的臉頰拉扯到發疼，嘴角僵硬，他不曉得自己擺出了什麼樣的表情，只是默默微笑著，竭盡所能地讓比安卡放心。

＊　＊　＊

那天的重逢順利結束後，比安卡偶爾會與布蘭克福特家共進晚餐。雖然雙方會互相拜訪阿爾諾家的住處及布蘭克福特家的住處，但大多數時候都是比安卡及扎卡里造訪布蘭克福特家的住處。

時隔十餘年見面，有許多事情變了。看到比安卡挑剔的口味與極少的食量，以及針對這件事注重每一道菜色的塞夫朗英雄，若阿尚與古斯塔夫吃驚不已。

他們對比安卡的飲食習慣尤其震驚。他們記憶中的比安卡是如果吃飽後獲得一塊巧克力蛋糕，會笑得比誰都幸福的孩子，那樣的孩子食量竟然只吃得下幾顆豆子！兩人都不敢相信比安卡的食量就像鳥飼料一樣少。

扎卡里露出苦笑，因為比安卡挑剔的口味也讓他傷透腦筋。身體本來就很差了，要好好吃飯才是……但不管他怎麼勸說，比安卡都聽不進去，扎卡里也只能自己乾著急。

晚餐時間結束後，幾人並未閒話家常太久。由於比安卡的病剛好，大家都因為她虛弱的體力迅速解散。或許是因為比安卡吃的像鳥飼料一樣少，三個男人對待她就像雛鳥一般呵護。

比安卡和扎卡里返回自己的住處。他們平常就不是會經常聊天的夫妻，比安卡不會貼心地搭話，扎卡里的惜字如金更是無需多說。

但最近真的很反常。不知道從什麼時候開始，扎卡里的態度變得很奇怪。

比安卡很快就有了答案。就是從她和父親重逢的那天開始。

想起當時不小心說出口的話，比安卡再次膽戰心驚。真的幸好事情圓滿解決

CHAPTER ✣ 08.

了，現在有了父親的庇護，她不需擔心扎卡里以她的失言為藉口輕視她。

總之，扎卡里的態度在那之後就變了。即便他原本就是沉默寡言的男人，最近卻變得更嚴重。

在比安卡的父親面前，他還能做出稍微溫和的反應，但兩人獨處時卻毫不掩飾，一副沒什麼話能跟比安卡說，就連比安卡還沒說出口的話也打算迴避不理的強硬態度。降臨在兩人之間的氣氛，說是死亡般的靜默也不為過。

再加上比安卡正值與家人重逢後，精神緊繃的時期。

雖然之前都假裝不知情，視而不見，但像這樣和他們和解後，就沒辦法漠視他們的死亡。比安卡的神經接連燒灼斷裂。

若阿尚死於比安卡二十歲時，在塞夫朗邊境阿爾戈特地區爆發的戰爭。

阿爾戈特是塞夫朗的要塞，所有人都全力奮戰，不讓這個地方被亞拉岡王國搶走。說不定扎卡里也參與了那場戰爭，畢竟他是戰爭中不可或缺的人物。

比安卡會對那場戰爭印象特別深刻，是因為不只若阿尚，連高提耶王子也死於這場戰爭。一夕之間失去自己的繼承人以及長久以來服侍的主君，古斯塔夫會不再對人生有所留戀也能理解。

所以比安卡無論如何都得阻止若阿尚在那場戰爭中喪生。如果高堤耶王子也能存活是很好，但即使只救活若阿尚，古斯塔夫就不至於選擇平白送死。古斯塔夫是有名望的貴族，影響力遍及國內各處。倘若他活著，應該能成為比安卡極大的助力……

不，不對，就算對她沒有任何幫助也沒關係，比安卡希望父親和哥哥活著。

總之，因為牽掛著家人的死亡，比安卡的腦袋又開始發熱。但她的丈夫扎卡里在這種狀態下不僅沒幫上忙，還因為不明的原因悶悶不樂，比安卡就快因為對未來的憂心而胃痛了。

就在比安卡和扎卡里在尷尬的沉默中快步走過迴廊時，一位陌生人從另一端迎面走來。

夜幕低垂，只有月光與火炬照亮迴廊。從反方向走來的人逐步靠近，直到近在咫尺，兩人才看清對方是誰。

認出對方的扎卡里皺起眉，比安卡也用力倒抽了一口氣。他的樣貌陌生，卻是在比安卡的記憶中宛如烙印般刻劃鮮明的人。

比安卡絕對無法忘記那張臉。她重生之後，立刻決定要報仇的憎恨對象……為

CHAPTER ✢ 08.

了奪走她的一切，設下卑鄙圈套的奸惡之人。

或許對方也不怎麼想見到他們，他揚起嘴角，對他們挖苦道：

「這是誰呀，這不是塞夫朗的英雄，阿爾諾伯爵嗎？」

「……」

「怎麼，連打招呼都不願意嗎？看來我們的英雄大人出人頭地之後，就瞧不起我這個還是子爵的哥哥了？」

扎卡里的哥哥，維格子爵嘲諷地說。

毫不掩飾敵意的露骨態度十分低俗。比安卡皺著眉退後一步，盡可能遠離維格子爵。

他身上有股刺鼻噁心，屬於人渣的味道。

聽說這次王世孫的訂婚宴邀請了所有有一定地位的貴族，當然也有不請自來的貴族，他們不約而同地湧至首都，想看看能否讓大人物們留下印象，四處探頭探腦，希望撿到從天上掉下來的便宜。

維格子爵就是這樣的不速之客。維格家並非具有權勢的家族，尤其現任維格子爵繼承爵位後更是沒落。維格家能生出扎卡里這樣的人，真的就像鴨蛋裡孵出了雄鷹。

不過，怎麼會在偌大的城堡裡碰巧遇到呢？比安卡緊抿著嘴。

『布蘭克福特的妓女愛上一個微不足道的小丑，讓家族蒙羞！既然我接管了阿爾諾家就不能漠視這件事！但看在妳跟我弟弟曾一起生活的舊情分上，我免除妳的鞭刑，不過阿爾諾家的一切妳都別想帶走！來人啊，扣留這個妓女身上的所有東西！』

重生前，維格子爵將比安卡趕出去時說的惡言惡語仍記憶猶新。比安卡不可能忘記當時的屈辱，緊緊咬住下唇，怒瞪著維格子爵。

維格子爵的樣貌比記憶中更年輕一些，絲毫沒有與扎卡里相似之處，看起來就像不正經的豺狼，臉上顯露出狡詐卑賤的品性。

或許是感覺到比安卡尖銳的目光，維格子爵浮誇地假裝吃驚，轉為攻擊比安卡。

「這位是……喔，弟妹！這不是我們阿爾諾伯爵大人還是男爵的時候，像童養媳一樣被賣過來，讓他晉升為伯爵的那位弟妹嗎！正因為阿爾諾伯爵帶了『那位』伯爵夫人來首都，社交圈正議論紛紛呢。」

「請您閉上嘴，哥哥。」

CHAPTER ✢ 08.

維格子爵刻意大聲說著，大步走近比安卡。但在他靠近比安卡之前，扎卡里就擋在他面前，比安卡的視野只看得到扎卡里寬厚的背。

從比安卡的位置看不到扎卡里擺出了什麼表情，但他的聲音聽起來相當不對勁。扎卡里像低吟般威脅維格子爵的殺戮氣勢，假如是一般人，一定會夾著尾巴逃之夭夭。

但或許是流著相同的血脈，即使扎卡里的氣勢陰森可怕，維格子爵反倒傲慢地抬起頭，大聲嚷嚷。

「怎麼，我說錯了嗎？你們結婚的時候，弟妹才七歲……？對吧？哇啊，為了對布蘭克福特家卑躬屈膝，甚至願意和一個還流著鼻涕的小鬼結婚，真厲害！要當上伯爵，就得這樣才行！」

維格子爵在遇到他們之前似乎喝了不少酒，毫不在乎自己發酒瘋似的言行。講話的語氣彷彿已經忘記眼前的人是塞夫朗威名響亮的英雄扎卡里，他的妻子也是塞夫朗名門望族，布蘭克福特家的女兒。

維格子爵的話讓比安卡氣得滿臉通紅。那個傢伙總是能用極為羞辱的方式，讓比安卡感到屈辱。

維格子爵提到的偏偏是最近比安卡相當敏感的「年紀」。比安卡也知道年幼正是扎卡里躲避自己的原因，看著抓住自己的弱點大放厥詞的維格子爵，比安卡自然沒有好臉色。

維格子爵瞥了一眼比安卡，誤以為她滿臉通紅，氣得全身發抖的模樣是感到難為情，咂嘴一聲。

雖然為了羞辱扎卡里而罵她為流著鼻涕的小鬼，但除了年紀小，比安卡確實是非常漂亮的女孩。有別於帶著自尊心的上揚眼尾，渾身散發出莫名淒涼的氣質，吸引著男人們的目光。

假如那雙銳利的眼眸斜斜一瞥，又微微笑起，血氣方剛的年輕人都可能會被她迷倒。只要年紀再大一點，變得更艷麗，他就無法這樣嘲笑她了。

比安卡現在的年紀會招來諸如此類的嘲諷，但之後再過幾年，男人們都會開始羨慕扎卡里身旁有個年輕的妻子。何況她還是布蘭克福特家的嫡女。

其實在扎卡里舉辦婚禮的時候，也有很多貴族男人主張該由自己取代扎卡里，成為新郎。妻子年幼其實不是什麼大問題，只要找個情婦就解決了。

面對維格子爵的挑釁，扎卡里仍面無表情，卻無法完全掩飾已經竄上頭頂的

CHAPTER ✢ 08.

怒火。他緊握的拳頭不斷顫抖，手背似乎因為充血而泛白。他那隨時會舉起拳頭，打碎維格子爵下顎的模樣頓時讓比安卡感到害怕。

扎卡里是戰爭英雄，受到世人的矚目。如果他在這種情況下對酒醉的哥哥施暴呢？想必有很多人都會為這種行為著迷，但當然也有可能引人反感。

維格子爵一定會高聲喊叫，大吵大鬧。這個男人為了損害扎卡里的名聲，即使做偽證也不會有絲毫猶豫。

扎卡里的名譽與比安卡的命運緊緊相連，因此她伸手拉住扎卡里的手臂想阻止他。

然而，在她的手碰到扎卡里之前，又出現了一位意料之外的人，偏偏又是不想見面的對象。本以為不會有人比維格子爵更招人嫌惡，但看清對方的臉後，比安卡都忘記要說的話。

「發生什麼事了？」

二王子雅各布的出現讓在場的三人出現不同的情緒。不同於沉下臉的比安卡與扎卡里，維格子爵開心地迎接雅各布。

「唉呀，這不是二王子殿下嗎？」

「這麼晚了，為何如此吵鬧？」

「我久違地遇到家人，不自覺提高了聲量。請您原諒我的無禮。」

維格子爵誇張地彎腰鞠躬，看起來就像戲劇裡的丑角。

比安卡不敢相信地苦笑時，環視他們的雅各布微微一笑，似乎了解了情況。華麗的容貌加上微笑，任誰看了都覺得帥氣，但在比安卡眼裡只像條吐著蛇信的蟒蛇。

雅各布裝作什麼都不知道的樣子，假惺惺地問維格子爵：

「啊哈，阿爾諾伯爵是維格子爵的弟弟嗎？」

「他是很優秀的弟弟。就是因為優秀，才會在之前還是男爵時迎娶年僅七歲的妻子，從此飛黃騰達呀。如果我還沒結婚，我也會效仿他。」

看兩人你來我往的樣子，似乎不是只交談過一兩次。比安卡瞇起眼，看著他們看起來過於親近的互動。

過去的維格子爵就是二王子派，最後獲得了「允許」，得以在扎卡里死後一舉併吞阿爾諾領地及布蘭克福特領地。

說不定那個「允許」也是像這樣在傳杯換盞的過程中談好的。那一刻，比安卡的怒火直衝上腦袋。

聽到他們的對話，生氣的人不只比安卡。維格子爵喋喋不休，說得口沫橫飛的樣子更激怒了扎卡里。

「我哥哥似乎喝太多了，這麼會胡說八道。」

維格子爵的每一句話都讓扎卡里怒不可遏。雖然稱呼他為哥哥，卻與不共戴天的仇人無異。

扎卡里的眼神裡迸發出火星，如果再稍微惹怒扎卡里，說不定他會拔出腰間的劍。或許是本能感覺到氣氛不尋常，維格子爵的手也不自覺悄悄伸向腰間的劍。

事態一觸即發。

扎卡里也知道不可以隨便拔劍。不只是因為王室成員就在跟前，而且對方也不是自己的下屬。但扎卡里不僅無法冷靜下來，反而更加激動。

原因很明顯——雅各布直盯著比安卡的目光！即使是當著丈夫扎卡里的面，他也毫不避諱地注視著比安卡。

幸好夜色多少遮住了她的容貌。不過隱約落在她身上的火光及月色，可能讓比安卡看起來更夢幻動人。

扎卡里拚命壓抑著想立刻扭斷雅各布脖子的衝動，思考著該如何才能避免引發太大的動靜，從這裡脫身。再這樣下去，可能真的會發生什麼意外，而且是連他也承擔不起的嚴重意外。

雅各布也感覺到扎卡里的怒氣已經到達了顛峰，不能再繼續刺激他。但即使他對此心知肚明，眼神卻依然離不開比安卡。

他有自信能誘惑比安卡。連處處防備他的高堤耶王子的妻子，見到雅各布都會羞紅臉，更何況比安卡是才十七歲的少女，他可以輕易地占有她。

不過比安卡沒有放下警戒，反而明顯對雅各布表現出厭惡。

可能正因為如此，雅各布對她更加執著。

越難攻克的高牆越能激起他的好勝心。每當比安卡裝作沒看到他，他的腹部就會炙熱不已，血液莫名地沸騰。那些一看到他就笑得像花一樣，張開雙手跑來的女人們和比安卡根本無從相比。

『好吧，反正操之過急只會讓她更警戒。我要像馴服小動物一樣，慢慢靠近她……先利用這次的擂臺賽吧。在那裡贏得她的芳心……』

雅各布看著她一副不可能出軌的正經模樣，推倒她時想必會感到極大的快感與

CHAPTER ✣ 08.

征服感。本來就是費盡千辛萬苦才得到的果實更香甜。

『只要除掉扎卡里，她最後都會變成我的人。丈夫死去的她一定會不安又焦躁……也會為了擺脫孤獨的處境，想依賴身邊的男人，到時候我就可以若無其事地追求她！』

雅各布嘴角揚起一抹意味深長的弧線。他近乎妄想的計畫看似完美，但問題是比安卡現在是受到阿爾諾家與布蘭克福特家的保護。

如果扎卡里死去，她將成為阿爾諾家的伯爵夫人，假設她選擇獨自治理家族，雅各布也無可奈何。

該怎麼辦呢？雅各布沒有苦惱太久。如果是有關比安卡靠山的問題，只要將支持她的力量全部連根拔起就好了。

雅各布瞄了幾眼身邊的維格子爵。

雖然他平常只會大呼小叫，反應又很遲鈍、唯利是圖、十分狡猾，所以令人不怎麼喜歡，不過既然他是扎卡里的兄長……光是這一點，他就有了用處。

『沒錯，利用維格子爵也不錯……如果跟他說殺了扎卡里後，會把阿爾諾領地交給他，他一定會想辦法把她趕出去。雖然布蘭克福特家也能收留被驅逐的比安卡，但如果她被貼上恥辱又不光彩的標籤，恐怕不會輕易收留她，畢竟只要玷汙了家族名聲，就會被拋棄。接著我只要好好照顧流離失所的她，她也會不得不對我張開雙腳……』

比安卡不知道雅各布在想什麼，但一對上他的視線，一股寒意立刻竄上背脊。真是令人反感的男人，比安卡想趕快離開這個地方，伸手拉了拉扎卡里的衣袖說：

「老公，我的頭好暈。」

比安卡撒嬌似的將額頭靠在扎卡里的手臂上。她剛做出動作，扎卡里立刻渾身僵硬。

居然在這時叫了「老公」，之前送出馬的時候，她都不肯這樣稱呼啊。雖然很高興能聽她這樣稱呼自己，但此時必須理性分析局勢。不能盡情享受這份喜悅，讓扎卡里感到不悅。

壓下所有思緒，扎卡里一如比安卡的預期，冷漠地道別。

「我的妻子身體不舒服，我們先告辭了。」

但就這樣乖乖讓步就不是雅各布了。

「啊啊，好。聽說她臥病在床好一陣子，我會挑選一些對女性身體有益的珍貴

CHAPTER ✥ 08.

藥品送過去。」

「不需……」

「不需要拒絕，這是我的誠意。」

雅各布擺出大方的樣子說道。扎卡里能感覺到不管自己說什麼，他都會堅持這麼說。一副關心自己女人的姿態，令人作嘔。

令人煩躁的不止這個。雅各布怎麼會知道比安卡病倒了？他知道比安卡的行蹤，那身邊一定有他的耳目，否則就是用金錢收買了他的手下。

扎卡里暗自決定回到住處後要立即處理這件事。他毫不掩飾敵意。

「我妻子入口的食物都是我親自挑選、允許的東西。感謝王子殿下的關心，但我妻子恐怕不會吃下殿下送來的東西。告辭了。」

扎卡里的語氣充滿了「不要白費力氣，還是回去休息吧」的意思，道別的問候也具有攻擊性。

他低頭致意後，不等雅各布說話就直接轉身離去。扎卡里背對他們後，一隻手牢牢摟著比安卡的肩，腳步急促。

比安卡也像在競走般，跟上他的步伐，她也不想再繼續面對那些人了。在扎卡里與比安卡毫無遲疑離開的身影背後，不斷吹來冷冽的寒風。

維格子爵在他們身後謾罵，或許是怒氣瞬間爆發，也不管對人指指點點是否適當。

「那、那個沒教養的……！殿下，那個傢伙從小就在戰場上打滾，沒學過什麼禮貌，我替他向您道歉。」

維格子爵對雅各布連連鞠躬，但他的道歉只是為了挖苦貶低扎卡里罷了。

不管背後傳來維格子爵的聲音，比安卡露出疲憊的表情。

永無止盡的敵意，扎卡里究竟做了什麼？在旁邊聽著的她都聽膩了，扎卡里呢？如此心想的比安卡輕輕抬起頭。由下方看到他的下顎線條一如既往地堅毅可靠，彷彿早已習慣這些事了。

比安卡突然覺得頭昏眼花，難以平衡身體，可能是因為吸太多骯髒的空氣了。剛才她是為了離開現場而假裝頭痛，現在卻真的痛了起來。

比安卡吐出一口氣，慶幸至少已經離開那些人的視線範圍了。

摟著比安卡的肩膀，帶著她移動的扎卡里立刻就發現到她的腳步不穩。他緊張地低頭看向比安卡時，她的臉色已經變得慘白。

CHAPTER ✣ 08.

「妳看起來很不舒服。我還以為妳只是想要離開才說謊……」

「剛才真的是騙人的。」

「看來今天見到太多人了。」

「就是說啊，還是不喜歡的人。」

比安卡的個性較為內斂，不僅不習慣與人相處，和太多人對話也會讓她突然累積太多疲勞。今天只是遇到維格子爵及雅各布兩個人，就遠遠超過比安卡的極限了，他們就是如此討人厭。想到以後還會見到他們，比安卡就感到胃痛。

扎卡里看到比安卡蹣跚不穩的樣子，憂心地詢問：

「妳可以走嗎？」

「當然。」

雖然說得很堅決，她卻感到頭昏眼花。暈眩感讓她的眼前逐漸發黑，連往前走的一步都很艱辛。扎卡里靜靜觀察比安卡的狀態，好一會兒下定決心似的輕聲提議：

「妳好像不太能走……我抱妳回去怎麼樣？」

「別人會看到的。」

比安卡十分震驚。貴夫人即使將所有事都交予他人之手，但也必須一直挺直腰桿，保持氣質才行，走路的步伐也應該像天鵝在湖中悠悠划水般優雅。身體不適的話寧可坐在轎子上，被抱著走在路上十分失態，即便對方是丈夫也一樣。

儘管比安卡露出抗拒的神色，扎卡里也不輕易退讓。雖然他想滿足比安卡大部分的要求，但她的身體健康是最重要的。

扎卡里看著比安卡，她感覺走沒幾步就會昏倒在地。他一反常態，強硬地說：

「現在很晚了，路上沒有人，光線也相當昏暗，不會有人看到我們的。」

「就算很晚了，說不定也會像剛才那樣遇到必須應付的貴族吧。」

「那妳就假裝昏倒吧。我會用妳當藉口甩開那些人的。」

話音剛落，扎卡里就轉向比安卡彎下腰，伸手穿過她膝窩與腋下，一把將她抱起。由於一連串的動作太過輕鬆，比安卡只感覺到視線晃動，不曉得發生了什麼事。抱起一隻貓咪可能還這比較困難。

比安卡的視野一下子變高，扎卡里的臉龐也近在眼前。緊實的下頜線條、突出的顴骨，深邃的眼眸與其上方的雙眼皮，還有如白鹿般纖長的銀色睫毛，都是迄今不曾細看過的地方。

CHAPTER ✣ 08.

兩人並肩而站的時候，比安卡的頭頂才到扎卡里的胸膛，身高差距相當大。所以除了面對面時，比安卡總是只能看到扎卡里的下顎。也因為如此，近在眼前的臉龐讓比安卡頓感驚慌，嚇得四肢胡亂掙扎。

但扎卡里抱著她的手臂絲毫沒有受影響，反而更加重力道，似乎是擔心她會掉下去。比安卡的反抗對他而言就和小狗在懷裡掙扎沒有兩樣。

為什麼這麼不情願呢？比安卡的抵抗讓扎卡里感到困惑，擔心地低頭看向她。但扎卡里也同樣感覺到突然變近的距離。眉頭的皺摺、彷彿映著春季草原的淡綠色瞳孔，可能是因為她拚命抵抗想掙脫，緊咬的嘴唇尤其引人注目。

扎卡里立刻抬起頭，心臟怦怦跳著。他吞下一口口水，假裝平靜，泰然自若地說：

「這樣很危險，快停下來。我會馬上帶妳回住處。」

「……那您要走快一點，我不想被別人看到。」

比安卡發現自己無能為力，放棄抵抗似的全身放鬆下來。無力的她手腳宛如吸了水的海棉垂下來，但扎卡里像感覺不到重量，大步又快速地邁步走著。

比安卡纖細的雙腳在空中擺盪，扎卡里每走一步，她的身體就會上下晃動。

比安卡怕會不小心摔下去，立刻伸手圈住扎卡里的脖子。緊緊抱住扎卡里的脖子還不夠，她還將臉埋進他的頸窩，擔心被別人看到她這副丟臉的模樣。萬一被發現，她也沒有信心可以控制好表情。

比安卡的鼻尖都是扎卡里的麝香香氣。那讓她莫名感到有些癢，吐出一口氣。

扎卡里頓時停下腳步。

突然停下的腳步讓比安卡緩緩抬起頭，那一刻扎卡里又再次向前走。比安卡不以為意，重新將臉埋進扎卡里的頸窩，如同鳥兒將頭藏進胸前鼓起的羽毛裡。

扎卡里的步伐快得無法與比安卡的相比。眼前的景色快速掠過，就像騎在馬背上一樣，但肯定比剛才慢了一點。

SIDE STORY

扎卡里・德・阿爾諾

阿爾諾的土地面積不大，也不鄰近首都。雖然沒有礦脈，也不是貿易與交通便利的地區，但土壤肥沃、物產豐饒，是能自給自足的領地。

扎卡里立下戰功後，連同男爵爵位一同獲封的這片領地不至於引人爭相搶奪，也是讓所有人覬覦的沃土。

扎卡里為獲得封地及爵位所付出的努力難以言喻，但他不以此滿足。如今他已經升為伯爵，透過領地賺取的收益也十分充溢，所有人都讚頌著扎卡里的功績，但仍遠遠不夠。

父親在他十六歲那年驟逝後，扎卡里就被大哥羅蘭趕出家門，半是被迫地展開騎士生活時，扎卡里也沒想過自己會變得如此貪心。

「……真是恍如隔世啊。」

夜幕低垂的地平線盡頭，亮著幾盞燈火。扎卡里眺望著窗外廣闊的領土，回憶過往。

羅蘭與扎卡里的兄弟關係十分不融洽。羅蘭的生母，第一任維格子爵夫人在生下羅蘭後去世，後來娶的繼室即為扎卡里的母親。

比安卡的母親也在生下比安卡後，因感染產褥熱而逝世，那個時期產婦死亡的案例並不罕見，扎卡里的母親同樣在其十歲時，死於當時流行的傳染病。

然而，羅蘭對受到母親愛護的扎卡里心生妒忌，即使只有短短幾年。他總是公然表示，等他掌握維克家的實權，就會即刻驅逐扎卡里，而他也真的這麼做了。

父親去世後，被趕出來的扎卡里一貧如洗，當時只有無法眼睜睜看著年幼少爺就這樣離開的文森特留在他身邊。文森特曾向扎卡里提議過投靠修道院，但扎卡里拒絕了。一意孤行的扎卡里認為自己並不老實，絕對無法成為神職人員。

最終，他選擇拿起劍。

一開始選這條路是為了守住身為貴族的名聲與出人頭地，也確實不容易。戰場上兵荒馬亂，讓他根本沒時間去思考要對哥哥復仇。人一一在眼前死去，只是能留有一口氣就令人感激了。無止盡的參戰，也讓他忘記要出人頭地的想法，瘋狂地揮劍，只有這個方法可以保住性命。

即使哭倒在地也沒有人會照顧自己。文森特是自己必須保護的家臣，不能代替他揮劍。

幸好扎卡里天生驍勇善戰。他不會因為手刃敵人而卻步，能夠冷靜地看待戰爭中發生的事。他明白、理解且接受他是為了拯救自己而選擇殺了對手，他一步也不退縮，頑強地開闢出自己的路。

最終，從不停下腳步的扎卡里積累了一身戰功與勳績，使他成為男爵，最終獲封為伯爵。

阿爾諾伯爵！多麼令人著迷的稱號！

憑一己之力功成名就的扎卡里成了無法承襲門第的貴族男人們的偶像，為他們帶來希望，還有一位年輕貌美的妻子，扎卡里彷彿擁有了世上最令人稱羨的人生。

然而他的人生不如大眾想的那麼幸福。既然是鍛鍊得削鐵如泥的刀讓他爬上伯爵之位，他就必須為了穩固地位，不斷參加戰爭。

而且，扎卡里期望的是比現在更崇高富足的未來。不滿於現狀的扎卡里沒有餘力享受幸福，繼續投身沙場。要說戰場就是扎卡里的領土也不為過。

扎卡里會如此不知足，並非因為沽名釣譽，也不是為了提升爵位，賺取更多稅金，更不是想要報復維格子爵——無情地將他趕出家門的哥哥。

而是因為被獨自留在領地，年輕漂亮的妻子比安卡！

「比起布蘭克福特家，還是遠遠不夠……」

即使同處伯爵之位，掌權多年的布蘭克福特家是名門望族，與新生的阿爾諾家的「伯爵」地位截然不同，包括人脈、格調以及充裕的財富。

扎卡里努力滿足比安卡的大多數願望，但假如她依舊待在布蘭克福特家，她或許不需要開口，就能得到更好的、想要的一切。他依然是不夠好的丈夫。

但扎卡里並不討厭在戰場上打滾的自己。不幸福不代表不幸，扎卡里對幸福的標準很低。在城堡裡喝下一杯廉價的紅酒，相信並追隨自己的家臣，以及雖然不完美，但也能在一定程度上滿足妻子的願望，這些就讓他十分滿足了。比起真正糟糕的男爵時期，這已經是長足的發展。

說不定在和比安卡結婚的當下，扎卡里就隱約預見到自己流連戰場的未來。

「這麼想也對。既然我將布蘭克福特的獨生女接來這裡，就應該付出相對應的代價。從此我就成了布蘭克福特家獻上的戰馬……也是大王子的劍與長槍。這就是他將比安卡送來，逼我站上天秤另一端的價值。」

自嘲的呢喃從扎卡里的唇縫中流洩而出。他想到比安卡時，立刻回憶起與她的結婚典禮。想起那時候，他又不自覺地嘆了口氣。

布蘭克福特家向扎卡里提出聯姻時，他才二十歲，剛受封男爵爵位不久。

過去曾與王室聯姻的名門望族布蘭克福特家，與剛獲得男爵爵位，站在起跑線上的阿爾諾家之間毫無交集。即使阿爾諾家想與對方攀上關係，也難以越過階級差距，但對方卻先寄送書信過來，阿爾諾家的所有家臣都不敢相信。

然而，當扎卡里看完那封信，他帶著不同意義，不得不難以置信地瞪大眼睛。牛犢四百隻、豬九百頭、銀器一百個、布疋三百匹、珠寶兩箱以及一部分領地……裡頭寫著相當於阿爾諾家兩年預算的天價嫁妝，信件最後還滿不在乎地寫了一句話。

沒錯，這時扎卡里才知道要嫁給自己的布蘭克福特家獨生女，是只不過年僅七歲的小女孩。

七歲應該會走路了吧？該不會一見面就哇哇大哭吧？扎卡里想像過和七歲新娘舉辦結婚典禮，以及因為新娘哭鬧，由他獨自出席結婚典禮的兩種情況，無論哪一種都令人毛骨悚然。

但與布蘭克福特家的婚事是難以拒絕的甜蜜誘惑。最終他只能吞下這強烈又蒙蔽人心的誘惑。

如果當時稍微延後婚事，情況或許會有什麼不同。可是布蘭克福特伯爵古斯塔夫強烈希望盡快舉辦結婚典禮，扎卡里也別無他法。

古斯塔夫會焦急也無可厚非。塞夫朗的國王年事已高，而敵對的亞拉岡王國以驚人之勢迅速成長。今年的政治版圖與去年截然不同，他希望盡早拉攏扎卡里至大王子陣線。

為什麼偏偏是扎卡里呢？古斯塔夫未曾親口說明過，扎卡里自己也不知道確切的理由。扎卡里的部下說過對方或許是在投資扎卡里的未來，但那也只是依稀猜測罷了。

扎卡里理解古斯塔夫的意思，實在無法說出希望推遲結婚的要求。即使這是布蘭克福特家提出的婚事，手握刀柄的人卻也是布蘭克福特家，扎卡里沒有立場能提出要求。

最後，放棄的扎卡里乖乖地接受了這場聯姻。但話雖如此，他對七歲新娘的擔憂並沒有徹底消失。坦白說，他覺得自己不是娶了新娘，而是領養了一個女孩。

扎卡里對年幼的新娘會感到抗拒，年幼的新娘肯定也會抗拒突然冒出來的年長丈夫。難以想像離家的小孩會怎麼哭鬧。

只是想到要安撫哭泣的孩子，扎卡里就感到煩悶。他既不和藹又不會說話，更不溫柔體貼，能順利安撫好哭鬧的孩子嗎？扎卡里覺得眼前一片黑暗，只能衷心期盼自己的新娘是個稍微不愛哭的小孩，只有一點也好。

他的期盼，在兩人第一次見面的時候徹底粉碎。

牽著布蘭克福特伯爵的手步入禮堂的她，不是手裡拿著洋娃娃，她本人就像個洋娃娃。嬌小的女孩個子只到扎卡里的腰部，穿著精緻美麗的婚服，蓋在女孩頭上的面紗飄動著，被帶到扎卡里身旁。

實際一看，她看起來比想像中更年幼。而且，此刻他得和這個小女孩並肩站著，舉行婚禮。扎卡里感到口乾舌燥。

或許是看到了扎卡里驚慌的視線，比安卡抬頭看了扎卡里一眼，立刻大哭出聲。

雖然算是預料過的情況，但扎卡里看著放聲大哭的比安卡，感到茫然無措。就在扎卡里不知所措地呆站著時，周遭的人們開始安撫比安卡，但她一直不停下來，十分害怕，好像扎卡里成了魔王。

周遭的人去安慰比安卡時，扎卡里也輕聲開口，想要幫上忙。然而，扎卡里一說話，稍微平復下來的比安卡又立即哭得更大聲。看著她嘶聲力竭地嚎啕大哭，扎卡里再次緊閉上嘴。

整場婚禮伴隨著比安卡的哭聲進行，扎卡里的臉色也越來越僵硬。他的心情因為自暴自棄而不再沉重，終於完成婚禮後，他也拋棄了所有期待。

如此可怕又悽慘的結婚典禮結束後，新郎偕同新娘回到阿爾諾領地。而這才是真正地獄的序幕。

當時的阿爾諾領地還沒開發，有許多不足之處，財力也不足以修築龐大的城池，城堡極其簡陋。扎卡里費力獲得的領地，與比安卡之前居住的布蘭克福特相比是個微不足道的小地方。

對比安卡而言，這簡直就像瞬間落入地獄。

陌生寒酸的地方與不曾見過的人們。跟著一起來的奶媽是她唯一認識的人，因此比安卡難以適應在阿爾諾生活也是情有可原。

不過扎卡里還是很努力。他也知道自己在第一眼就招比安卡厭惡，但她依然是自己的妻子，總不能讓她一直看見自己就哭吧？無論如何，結婚儀式都結束了，既然她是自己的妻子，扎卡里就發誓會對她盡心盡力，也很努力履行這項誓言。

扎卡里絞盡腦汁，思考究竟該怎麼做才能讓比安卡對自己放下戒心。

阿爾諾堡雖然簡單樸素，唯獨比安卡的房間被扎卡里打造成與她住在伯爵家時極為相似，也為比安卡聘僱了才能卓越的名廚，竭盡所能買到她說想要的東西，儘管那多少會對剛晉升為男爵的阿爾諾家的財政狀況造成一點困難。

比安卡在富裕的布蘭克福特家長大，若要迎合她的標準，阿爾諾家的預算自然變得入不敷出。有限的領土能賺的錢也有限，最後扎卡里只能出征戰場，有時候也會像傭兵一樣，收錢替人上戰場。

因為這樣在沙場上打滾，扎卡里身上的血腥味與泥土氣味從未消失，也因為長期不在領地，他與比安卡能見面的次數少到可以用手指數出來。人要經常見面才會產生感情，但他們連這都做不到，當然無法縮短彼此的距離，只能在原地打轉。

十三歲的年齡差距。

身分高貴，太過年幼的新娘。

還有總是不在身邊，也不曉得如何對待女人，冰冷至極的丈夫。

即使不是最糟糕的，也肯定是最容易迎來最糟結局的婚姻。

假如扎卡里再溫和親切一點，會有所改變嗎？

他知道該如何遠離討厭自己的人，卻不知道怎麼堆起微笑，接近對方的方法，因為沒有任何人像這樣接近過他。

扎卡里想到比安卡，都會想起她在結婚典禮那天不停掉淚，哭得慘兮兮的模樣。照顧比安卡時也一樣，扎卡里稍微靠近，比安卡原本如夏日蓊鬱草木的淡綠色眼睛就會像烏雲密布般陰暗。在年幼新娘的抗拒下，扎卡里連一步都無法靠近她。

因為這樣，比安卡自然也以為丈夫討厭自己，同時也是受到奶媽珍妮在她耳邊耳語的影響。

『阿爾諾男爵配不上小姐。你們的地位不同，明明有更好的婚事才對，伯爵大人太草率了，怎麼可以這樣決定小姐的婚事呢？』

珍妮總是詆毀扎卡里。只要發現一點疏忽就暴跳如雷，大吵大鬧。她曾因此不停與文森特爭吵，大聲嚷嚷。

『我們小姐本來可以嫁入侯爵家，不，連公爵家都能嫁過去……怎麼會嫁到這個寒酸的男爵家，受到這種虐待？』

『怎麼會是虐待？男爵大人一直都盡全力為夫人提供最好的照顧。』

『那這是怎麼一回事？夫人不能每天用玫瑰精油沐浴、也不能用蜂蜜保養光滑的臉龐，也吃不到遙遠南國的水果。』

『夫人已經是阿爾諾家的人了，為了阿爾諾家的未來，必須做出某種程度的妥協。』

『你說的這是什麼話！小姐是布蘭克福特家的人！我們小姐擁有如此高貴的血統，你們把她接來這裡，沒有奉為珍貴的上賓招待，還叫她適應貧困，這像話嗎？難道這一切不是因為阿爾諾男爵沒資格當小姐的丈夫嗎？』

聽到這樣話，冷淡的文森特也會罕見地露出慍色，氣得渾身發抖。扎卡里也知道珍妮常對比安卡叨念自己的壞話，卻對珍妮束手無策。因為珍妮是比安卡在阿爾諾家裡唯一的依靠，也能切實感覺到比安卡完全對她言聽計從。

很遺憾地，珍妮在三年前因為罹患傳染病而逝世了。比安卡哭了三天三夜，彷彿天塌下來了。心裡期待比安卡或許會依賴他的扎卡里為了安慰她而去找她，卻只得到了冰冷的閉門羹。

就這樣過了九年。扎卡里從男爵一路升為子爵、伯爵，而將他趕出維格家的羅蘭依然是個子爵。

扎卡里功成名就後，從此擁有了足以報復哥哥、報答曾看好自己未來的人，以及滿足妻子比安卡大部分要求的能力。假如是現在的扎卡里，就算比不上布蘭克福特家，應該也能做到所有被奶媽珍妮抱怨過的事。

但他們的關係與扎卡里還是男爵時無異。當年的七歲女孩已經長到十六歲，卻仍然討厭扎卡里，也不怎麼在意伯爵夫人的義務，彷彿她不是伯爵夫人。

扎卡里依舊不在意，因為他從未期待會有什麼明顯的改變。不過扎卡里對比安卡依然盡心盡力，內心懷抱著一絲希望，即使比安卡無法完全理解，也能稍微感受到他的用心。

他也知道這終究只是希望而已。在扎卡里眼裡，比安卡仍然是那個會放聲大哭的七歲小孩。

這樣的她，突然糾結於根本不存在的情婦，甚至說要生下繼承人。

無法馬上反應過來，扎卡里看著判若兩人的她，目瞪口呆。他早已習慣比安卡對待自己這個丈夫比陌生人更疏遠陌生的態度，這樣的改變讓扎卡里感到後腦杓發緊，甚至懷疑布蘭克福特家曾來信訓斥她。

主動提起初夜的她極其陌生。不僅如此，她慢慢接近自己，兩人之間縮短的距離、她的香氣、生動地望來的碧綠色眼眸，她的一切都讓他感到困惑。

與此同時，胸口有股難以言喻的激動。他的嘴唇無法如願張開，連一句完整的話都難以說出口。看見比安卡，他就像在沙漠中渴求一口水一樣，口乾舌燥。

文森特和其他人都以為她了解到身為伯爵夫人的義務了，十分欣喜，但扎卡里對她的轉變高興不起來。

再加上她時隔多年在自己面前掉下眼淚，一想起她難過得不停流淚的可憐模樣，就像看到了結婚時的愛哭鬼。

回想起來，比安卡是從什麼時候開始不再哭泣的呢？愛哭的她目光變得冷淡無情，沒有經過很長的時間。

當時扎卡里曾對比安卡不會再哭的事感到放心，現在仔細想想，那正是她關上心門的預兆。扎卡里遺憾地發出沉重的嘆息，但一切已經太遲了。

這次不能再錯過了。雖然當比安卡哭著問「為什麼不能懷上你的孩子？」時，他因為太驚慌而語無倫次，但獨自整理過思緒後，扎卡里稍微冷靜下來了。

沒錯，比安卡還小，她什麼都不知道，恐怕連她都不曉得自己在說什麼。

如果順從她的意思，如她的期望與她行房，肯定會讓那副依然年幼的身軀感到難受，接著會發生與兩人結婚典禮時一樣的事，最後比安卡會開始躲他，扎卡里也無法靠近她。

絕對不能發生這種事。時隔十幾年，她終於看向自己了，不能再走回頭路。至少要等到她十八歲。沒錯，一定要等到她十八歲才行。

所以身為大人的扎卡里必須控制好自己才行，他對自己的耐力與自制力有信心。至今都守節九年了，再推遲一年也無所謂。不斷參加宛如煉獄的戰爭，扎卡里都撐過來了，這又算得了什麼？

沒錯，扎卡里當時是這樣想的。

他認為這不算什麼，自己承受得住。

當他意識到這是傲慢而造成的失算時，一切都已經為時已晚，無法挽回了。

——未完待續

高寶書版集團
gobooks.com.tw

CP021
婚姻這門生意 2
결혼 장사

作　　者　KEN
封面繪圖　Misty 系田
譯　　者　M 夫人
編　　輯　林欣潔
美術編輯　4YAN
排　　版　彭立瑋
企　　劃　李欣霓

發 行 人　朱凱蕾
出　　版　三日月書版股份有限公司
　　　　　Mikazuki Publishing Co., Ltd.
地　　址　臺北市內湖區洲子街 88 號 3 樓
網　　址　www.gobooks.com.tw
電　　話　(02) 27992788
電　　郵　readers@gobooks.com.tw（讀者服務部）
傳　　真　出版部　(02) 27990909　行銷部 (02) 27993088
郵政劃撥　19394552
戶　　名　英屬維京群島商高寶國際有限公司臺灣分公司
發　　行　英屬維京群島商高寶國際有限公司台灣分公司 / Printed in Taiwan
　　　　　Global Group Holdings, Ltd.
法律顧問　永然聯合法律事務所
初版日期　2025 年 8 月

國家圖書館出版品預行編目 (CIP) 資料

婚姻這門生意 / Ken 著 ; M 夫人譯 . -- 初版 . -- 臺北市 : 三日月書版股份有限公司出版 : 英屬維京群島商高寶國際有限公司台灣分公司發行 , 2025.08
面； 公分 . --

譯自 : 결혼 장사

ISBN 978-626-7391-76-1 (第 2 冊 : 平裝)

862.57　　114007034

三日月書版

三日月書版

GOBOOKS
& SITAK
GROUP©

GOBOOKS
& SITAK
GROUP©